Dear H
Joyful

WILHELM TEEBAUM

DE GEUR VAN FRANGIPANI

LIEFDE EN MAGIE IN NICKERIE

De geur van frangipani

liefde en magie in Nickerie

WILHELM TEEBAUM

Dit boek is gezet met het boekzetsystem LaTeX, de klasse scrbook uit KOMA-Script en het font Libertine.
De afbeelding op de cover is door de auteur gegenereerd m.b.v. KI.
ISBN: 978-9-40381-912-9

Dankzegging
Mijn grote dank geldt Han & Anna, die geduldig en competent de vele germanismen en andere fouten gecorrigeerd hebben, en Els, die met haar correcties en vele suggesties de 'final touch' gaf.

Over de auteur
Geboren in 1946 in Nieuw-Nickerie, de hoofdstad van het district Nickerie, verliet Wilhelm Teebaum (pseudoniem van Jacob Wiersma) Suriname in 1963, om in Nederland elektrotechniek te studeren.
Na zijn studie bleef hij daar en werkte onder andere een aantal jaren als docent en was vervolgens wetenschappelijk medewerker aan een technische universiteit.
Begin jaren negentig verhuisde hij met zijn gezin naar Zuid-Duitsland, waar hij tot *Professor für Informatik* benoemd werd. Naast zijn werk in het onderwijs speelde hij muziek en was in deze tijd een paar jaar gitarist in een Ierse folkband.
In 2006 schreef hij zijn eerste verhaal. Aangemoedigd door vrienden en kennissen volgden meer verhalen. Hij is nu gepensioneerd, woont vanaf 2008 zes jaar in Mannheim en sinds de zomer van 2014 in Kaiserslautern, waar hij naast het schrijven van verhalen zijn tijd verdeelt tussen programmeren en repareren van computers, en zijn oude hobby, het bridgespel.

Voorwoord

Dit boek beschrijft de geschiedenis van een buitengewone liefde tussen Lia, een vrouw van midden dertig en de zestienjarige scholier David.

Veel van wat hier wordt beschreven, vooral de sfeer in Suriname en in het bijzonder de details die Nickerie betreffen, zijn zoals ik ze in mijn herinnering aantrof, toen ik deze roman schreef.
Slechts de personen, die hierin een rol spelen, of die nou groot of klein is, en de gebeurtenissen, die hen betreffen, zijn door mij verzonnen.
Om het nog duidelijker te zeggen: Elke gelijkenis met bestaande personen, ongeacht of ze nog leven of al overleden zijn, berust louter op toeval en is literair te interpreteren.

Wilhelm Teebaum, Kaiserslautern 2025

Inhoud

DEEL II

DEEL III

DEEL I

1. De ontmoeting

HET WAS OP EEN ZATERDAGOCHTEND TOEN MEVROUW Bos haar zoon David bij zich riep en hem een envelop overhandigde.

"Die is voor mevrouw Varenbrink. Kun je hem haar snel brengen?"

David zag aan de envelop dat het met de dierenbescherming te maken had. Zijn moeder probeerde samen met een paar andere dames het leven van de dieren in het stadje draaglijk te maken. Het was niet de eerste keer dat hij brieven voor deze vereniging moest wegbrengen. Hij vond het weliswaar erg vervelend om gestoord te worden in zijn dagelijkse bezigheden, maar het kwam niet in hem op om te protesteren. Ten eerste zou dat helemaal geen indruk maken op zijn moeder. Ten tweede deden kinderen in die tijd zonder mopperen wat hun opgedragen werd. En dus liet hij zijn elektrotechnische experimenten met koolstofkernen, die hij uit oude batterijen gesloopt had en waaraan hij op dat moment 'werkte', op zijn bureautje liggen en begaf zich op weg.

De Varenbrinks woonden in het grote witte huis, dat als een baken aan de oever van de Nickerierivier stond, een paar honderd meter bij Davids huis vandaan. Hij liep snel, met de envelop in de hand en de koolstofkernen in gedachten. De grote, als een vuur brandende flamboyantbomen, die hem links en rechts van de straat met hun oranjerode kruinen toezwaaiden, schenen hem voor te bereiden op dat wat voor hem lag. Maar in zijn jeugdige onervarenheid nam hij deze vurige bloemenpracht niet waar.

Een paar minuten later liep hij over de brug de oprit op en klopte op de deur van huize Varenbrink. Hij kende mevrouw Varenbrink alleen maar van gezicht. Zondags kwam ze vaak met haar man mee naar de zwemclub. Ze was geen opvallende verschijning, een beetje gewoontjes, en meestal nam ze geen deel aan de gesprekken om haar heen. Met haar man had David meer contact. Elke middag na het werk ontmoette meneer Varenbrink een paar andere *bakras* – zo werden Nederlanders genoemd in Suriname – op het terras van de zwemclub om tafelvoetbal te spelen. Vaak viel David in voor iemand die te laat was of soms helemaal niet kwam opdagen. Hij reed ook elke vrijdag rond half acht mee in de Volkswagen van meneer Varenbrink naar de wekelijkse schaakavond. David was de enige teenager in de stad die goed genoeg speelde om in de groep van volwassenen mee te mogen doen. Het was de evangelische dominee, die had voorgesteld hem aan de vrijdagavonden te laten deelnemen. De dominee was een goede vriend van zijn ouders en een goede schaker. David had vaak met hem aan het schaakbord gezeten en soms zelfs van hem gewonnen.

Meneer Varenbrink voldeed aan de wens van Davids ouders, hem na afloop – meestal tegen half tien – weer naar huis te brengen. In tegenstelling tot de dominee was meneer Varenbrink geen sterke speler. Meestal won David de partijen tegen hem. Maar hij nam het sportief op en trok zich er niets van aan om verslagen te worden door een teenager.

Het dienstmeisje, een creoolse – David kende haar niet – deed de deur open. Hij liet haar de envelop zien.

“Ik heb een brief voor mevrouw Varenbrink.”

Ze nam die niet aan, verdween weer en liet hem daar staan. Kort daarna stond ze weer voor hem.

“Mevrouw nodigt meneer uit in de woonkamer.”

Hij was verbaasd en vereerd tegelijk. Niemand had hem ooit ‘meneer’ genoemd. In de woonkamer stond mevrouw Varenbrink met haar rug naar hem toe voor een schildersezel. Toen ze hem hoorde binnenkomen, draaide ze zich naar hem om. Ze had een palet in haar linkerhand en droeg een korte witte schilderskiel, die haar lichaam slechts gedeeltelijk en tamelijk losjes omhulde. De ceintuur was niet vastgebonden. De uiteinden ervan hingen speels om haar heupen, die door de open spleet zichtbaar waren. Ze was wat men volslank zou kunnen noemen. David had vrij zicht op haar navel, en daaronder was haar witte slipje te zien. Hij was geschokt en vond de aanblik gênant. Aan de ene kant had hij in zijn jeugdige erotische fantasieën vaak gewenst om het naakte lichaam van een vrouw te zien of zelfs aan te raken. Aan de andere kant werd dit zo plotseling en zo onverwacht aangeboden – en dan ook nog van een volwassen, getrouwde vrouw –, dat hij er als versteend bij stond. Hij voelde een brok in zijn keel en kon nauwelijks ademen. Zijn blik gleed omhoog naar haar gezicht. Ze liet niet blijken dat ze had gezien waar zijn ogen even op gevestigd waren. Terwijl ze haar vrije hand uitstak om de brief aan te nemen, ging de rechterkant van haar schilderskiel iets verder open en er verscheen een volle, marmerkleurige borst. Ware hij niet bekroond door een donkerroze tepelhof met daarop een felroze tepel, zou men kunnen denken aan een sculptuur in een Grieks museum.

Opeens keek ze hem aan.

“Wil je een glaasje limonade?”

Zonder zijn antwoord af te wachten, legde ze de brief ongeopend op tafel, leunde een beetje naar voren en schonk hem een glas ananas limonade in uit een karaf. Van opzij zag hij hoe haar borsten bij het inschenken als twee rijpe mango’s door de nu zeer brede opening bungelden. En geboeid staarde hij ze aan. Ze richtte zich op, draaide zich naar hem om en gaf hem het glas. Toen, alsof ze plotseling besefte dat ze halfnaakt voor hem stond, trok ze zonder enig teken van emotie de twee helften van haar kiel over elkaar en bond ze met de ceintuur hermetisch vast.

Terwijl ze de brief opende, nam David een slok. Het was een

zelfgemaakte limonade, die hij erg lekker vond. Gretig dronk hij het glas leeg en zette het op tafel neer.

"Dank u wel, dat smaakt goed!"

"Zelfgemaakt", zei ze trots en liep met hem naar de voordeur. Als afscheid streelde over ze zijn haar. Zijn hart bonsde wild. Hij was bijna zestien en had voor het eerst de charme van een vrouw en de erotische uitstraling van haar lichaam ervaren. En ze had hem ook nog over zijn hoofd gestreken!

2. In het zwembad

Een paar weken na Davids bezoek aan mevrouw Varenbrink was er voor de leden van de zwemvereniging, zoals wel vaker op zondag, een Javaanse dag. Velen hadden zich ervoor aangemeld en tegen twaalf uur was het echt druk. Gino – de opzichter van het zwembad –, zijn vrouw en z'n dochter hadden met een paar extra ingehuurde helpers zich uit de naad gewerkt en de gasten verwend met een heerlijke Indische maaltijd. Mevrouw Varenbrink en haar man waren er ook. Vóór het eten was ze met een stel andere dames naar de kleedkamer gegaan en toen ze naar buiten kwam bekeek David haar van een veilige afstand. In haar ouderwetse badpak bleef het erotische effect uit, dat ze op de bewuste zaterdagochtend op hem uitgeoefend had. Hij was teleurgesteld en verrast tegelijk. In de tijd na hun ontmoeting had hij vaak aan haar gedacht en had zich het beeld van haar borsten voor de geest gehaald. En elke keer raakte hij seksueel opgewonden bij de voorstelling van de zachte rondingen van haar lichaam en zijn verlangen om haar te betasten.

En nu? Niets!

Hij bekeek haar zoals een niet-betrokken persoon mensen of dingen objectief en emotieloos waarneemt. Hij wendde zijn blik van haar af en probeerde dit fenomeen te doorgronden. Waarom wekte ze nu niets in hem op?

Omdat het lelijke badpak haar volle borsten onttoverde?

Omdat de afstand tussen hen de aantrekkingskracht brak?

Omdat de andere gasten hem gade sloegen?

Maar hij had toch als hij thuis in bed lag, zelfs zonder haar te zien, deze explosie van gevoelens ervaren! En ook in de klas, tijdens de les, was hij vaak in gedachte bij haar, zonder dat hij zich door klasgenoten of de leraar geremd voelde. Hij begreep deze verandering van zijn gevoelens niet.

's Middags, toen iedereen verzadigd was, togen de meesten voor de siësta huiswaarts. Ook Davids ouders waren naar huis gegaan en hij had zich met een boek in de schaduw van de amandelbomen, aan de rand van het volleybalveld genesteld, terwijl mevrouw Varenbrink en haar man zich met een paar andere gasten in het clubhuis terugtrokken. Daar was een bar met comfortabele stoelen.

De wind ruiste zachtjes door de bladeren, en door de uitgebreide maaltijd en de warmte werden Davids ogen zwaar. Hij zag het bijna verlaten grote bassin waar slechts een paar kinderen aan het spelen waren. Vlak naast hem was het kinderbadje, waar de kleintjes mochten rondspringen, maar dat lag er nu verlaten bij. De twee baden versmolten langzaam tot één grote zee. Op een reuzengolf reed mevrouw Varenbrink als een zeemeermin langs hem heen. Haar lange haren bedekten deels haar stevige borsten, deels wapperden ze in de wind achter haar hoofd. Ze keek hem aan en plotseling was haar gezicht vlak voor hem. Haar glimlach en de blik in haar ogen raakten hem, en plotseling wist hij wat hem zo boeide aan haar: deze ogen, die hem het gevoel gaven, ze al een leven lang te kennen. Haar stem was zo vertrouwd en zo lief toen ze nog dichterbij kwam.

"Hallo David, hoe gaat het? Vond je het eten vandaag lekker?"

De stem was zo echt. Dat kon geen droom zijn! En toen hij zijn ogen opende, zat ze op de bank tegenover hem en keek hem vragend aan. Zijn hart maakte een sprongetje en de twijfels, die hij kort daarvoor nog had, waren weg. Dit gezicht, deze ogen, deze blik! Ze deden zijn gevoelens voor haar omhoog schieten en hij voelde in zijn hele lichaam wat ze voor hem betekende. Hij legde zijn boek naast zich neer en ging rechtop zitten.

"Ja, Gino en zijn vrouw weten wel hoe je zoiets moet bereiden!

Vooral de Indische kruiden en de pindasaus zijn zo heerlijk."

Als opzichter van het zwembad had Gino diverse taken. Hij maaide het gras op het uitgestrekte terrein en deed het onderhoud van de bassins. Daarnaast beheerde hij een kleine bar op het overdekte terras waar drankjes, kauwgom en naast vele andere lekkernijen, ook verse door zijn vrouw geroosterde pinda's werden verkocht. Op een gegeven moment had het bestuur van de zwemclub gemerkt, dat hij en zijn vrouw goed smakend Indisch eten konden bereiden. En sindsdien werd hij vaker daarvoor gevraagd.

"O, dat is leuk. Je houdt van Indische kruiden? Weet je dat ik vele jaren in Indië heb gewoond?"

David schudde zijn hoofd.

"Nee. Hoe was het daar? Net als hier?"

"Sommige dingen waren daar anders, maar er waren veel overeenkomsten met Suriname. Neem bijvoorbeeld deze bomen ..."

Ze wees naar de bomen waaronder ze zaten.

"Deze groeiden in onze tuin. We hadden ook tamarinde- en mangobomen. En niet te vergeten: kokospalmen. O ja, ik had er als kind een geweldige tijd."

"Hoe lang heeft u daar gewoond? Bent u daar geboren?"

"Nee, nee. Ik ben geboren in Holland, in de kaasstad Alkmaar. In april, ik ben een lentekind", lachte ze. "Ik ben op zestien april op de wereld gekomen en ik was twee jaar oud toen mijn ouders in 1930 met mij naar Indië gingen. De Grote Crisis was uitgebroken, en in Nederland vond mijn vader geen werk. Dus werd hij manager op een suikerplantage, hoewel hij psycholoog van beroep was. En jij? Jij bent hier geboren, nietwaar?"

"Ja, mijn oudere broer en zus zijn in Paramaribo geboren, maar mijn jongere zusje en ik hier in Nickerie."

"Dat maakt je een beetje buitengewoon."

Ze glimlachte en hij smolt bijna weg.

“Ik ken geen andere *bakra* die hier in Nickerie is geboren.”

David voelde zich gevleid. Haar optreden en haar manier van doen waren zo door en door natuurlijk en vriendelijk. Het was alsof ze elkaar al jaren kenden. Er was iets heel vertrouwds aan haar en David voelde dat deze vrouw op hem gesteld was. En hij mocht haar ook. Tegelijkertijd schaamde hij zich voor de erotische fantasieën die ze bij de eerste ontmoeting in hem gewekt had. Toch vond hij het spannend dat een volwassene vrouw – en nog getrouwd bovendien – duidelijk geïnteresseerd was in hem. Hij luisterde graag naar haar stem.

“Vertelt u me nog meer over Indië.”

Ze keek hem aan.

“Ja graag. Maar eerst wil ik weten of je een geheim kunt bewaren.”

“Ja, natuurlijk!”, antwoordde hij iets te snel.

Hij probeerde zijn verbazing niet te tonen.

“Wat voor een geheim bedoelt u?”

“Niet nu. Ik zie dat mijn man al naar de auto loopt. Ik moet gaan.”

Ze stond op, hing haar tas over haar schouder en zei: “Morgen? Bij mij thuis om half drie?”

3. Het verlangen

Meneer Varenbrink parkeerde zijn Volkswagen op de gebruikelijke plaats onder het huis. Bij de meeste grotere huizen in Nickerie had tenminste een deel van het gebouw geen begane grond, maar stond op dikke palen, van ongeveer drie meter hoog. Hier kon men de was ophangen, een auto stallen als in een carport en de kinderen hadden bij regen een mooie droge ruimte om te spelen. Hij en zijn vrouw Lia stapten uit en liepen de brede buitentrap op, die naar de voordeur op de eerste verdieping leidde.

"Het was een mooie dag vandaag, nietwaar?", zei meneer Varenbrink, "ik ben blij dat het niet heeft geregend. Er zou zeker niet genoeg plaats onder het dak zijn geweest voor zoveel mensen."

"Waarom zou het vandaag moeten regenen?", vroeg Lia enigszins verbaasd. "De zon heeft toch de hele dag geschenen, en de paar wolkjes die voorbij trokken waren een welkome schaduw gevende afwisseling."

"Ik heb toch niet gezegd dat het zou moeten regenen", bromde haar man, "Alleen dat het goed was dat het *niet* geregend heeft. Waarom begrijp je mij altijd verkeerd?"

Lia zweeg en glimlachte alleen maar.

"Met wie was je eigenlijk aan het praten? Ik zag iemand bij jou onder de bomen, maar ik kon niet zien wie het was."

Lia keek hem aan.

"O, je kent hem! Hij speelt schaak met jullie. Dat was David. David Bos."

"O hij! Ja, dat is een aardige jongen. Hij speelt beter dan ik. Hij kan zich goed concentreren. Hij zegt geen woord tijdens het spel. Waarover hebben jullie gepraat?"

"Eigenlijk over niets speciaals. Het ging over Gino's eten van vandaag. Hij zei, dat hij van Indisch eten houdt en vooral van de pittige pindasaus. Zijn moeder ken ik van de dierenbescherming. O ja, hij zei ook, dat hij hier in Nickerie geboren is."

Ze waren intussen boven aan de trap aangekomen en meneer Varenbrink, die niet meer echt naar het antwoord van zijn vrouw had geluisterd, deed hij de deur open.

"Wat ga je nu nog doen?"

"Ik mediteer een half uurtje en dan ga ik de planten in de tuin water geven."

"Ach ja." Hij knikte. "Ja natuurlijk."

"Want het gaat waarschijnlijk niet snel regenen", voegde ze er glimlachend aan toe.

Binnen in het huis verdween meneer Varenbrink in zijn kamer die helemaal links van de keuken lag. Lia's kamer bevond zich aan de andere kant, en was door de woonkamer te bereiken. Onderweg begon ze langzaam de knopen van haar blouse los te maken. In haar kamer aangekomen kwam haar hondje Freddie met kwispelende staart op haar af. Ze bukte zich en krauwde hem liefdevol op zijn kop, voordat ze haar blouse uittrok en op het bed neerlegde. Daarna bracht ze haar handen naar haar rug en maakte met enige moeite de oogjes van haar BH los en legde die vervolgens zorgvuldig over haar blouse.

Haar gedachten dwaalden af en ze bevond zich onder de bomen bij David. Zij keek in zijn gezicht, en in zijn ernstige uitdrukking ontdekte ze een glimlach. Het was een aarzelende glimlach, maar tegelijkertijd bemoedigend. Een lichte huivering kwam over haar. Ze was erg gesteld op deze jongen. Wat had ze graag gewild dat hij nu hier was en haar aanraakte. Ze wist niet of ook hij dit verlangen in zich voelde, maar ze wenste van wel.

Het beeld verdween langzaam en ineens was de magie helemaal weg. Ze vroeg zich af, of het goed was hem te benaderen, tijd met hem door te brengen, hem bij haar uit te nodigen. Een innerlijke stem waarschuwde haar om voorzichtig te zijn: "hij is nog zo jong, bijna nog een kind!"

"Welnee", zei een andere stem, "hij wordt binnenkort zestien en hij is oud genoeg om te beslissen. Hij is op je gesteld, dat was vandaag duidelijk te merken. Je bent toch niets verwerpelijks van plan?"

Ze was besluiteloos en verward. Ze kleedde zich helemaal uit, zoals meestal bij het mediteren en hurkte langzaam totdat haar knieën de zachte deken raakten die over een klein kussentje lag dat ze als onderlegger gebruikte. Terwijl ze zich met beide handen steunde, schoof ze haar voeten een beetje uit elkaar, zette de wreef van de voeten op het dekentje en ging op de hielen zitten.

Het licht van de late middagzon dat door de kruinen van de bomen in de tuin en het raam glinsterde, was zacht en streelde haar huid. Ze hield ervan om naakt te zijn. Het gaf haar een gevoel van vrijheid en van lichtvoetigheid. Het was alsof ze tezamen met haar kleren ook haar zorgen en de lasten, die op haar drukten, weglegde. Ze rechtte haar rug en liet haar ogen over haar borsten, buik en benen glijden en legde de geopende handen op haar dijen, met de handpalmen omhoog. Ze hief langzaam haar naar voren gebogen hoofd op en voordat ze haar ogen sloot, zag ze zichzelf in de spiegel die tegenover haar aan de muur hing. Ze bekeek haar spiegelbeeld kritisch, maar toch welwillend. Ze was geen schoonheid, dat wist ze, en het deed er ook niet toe.

Uiterlijke schoonheid, och wat betekende dat nu? Ja, het was waar, dat een goed uitziend meisje het waarschijnlijk gemakkelijker had in het leven dan eentje met wie de natuur het niet zo goed gemeend had. Maar ze wist ook dat het uiterlijk voor haar geen betekenis had. Niet alleen vanwege de opvoeding die ze genoten had, maar ook door de bewuste waarneming van de wereld om zich heen. Die liet haar zien hoe mensen zich gedragen, welke rollen ze spelen wanneer ze in de samenleving hun maskers opzetten, en hoe ze dit uiterlijk verliezen wanneer je door deze maskers heen kijkt. Ze vond het erg belangrijk om zichzelf te zijn en waardeerde het ten zeerste, als de anderen dat ook waren. Lia sloot haar ogen en concentreerde zich op haar ademhaling. Ze voelde hoe de lucht in haar stroomde, zich een aangenaam gevoel in haar verspreidde en hoe haar lichaam zich bij het uitademen ontspande.

Na haar meditatie trok ze haar shorts en blouse aan en ging naar buiten, op de voet gevolgd door Freddy. Het liefst had ze zonder kleren in de tuin rondgelopen, maar die was niet goed beschermd tegen nieuwsgierige blikken. Lia's man vond het geen goed idee om de Nickerianen, die toevallig voorbij liepen, te shockeren. Ze vulde twee grote gieters bij de kraan en terwijl zij het water liet lopen dacht ze terug aan die middag bij de zwemclub. Vooral aan het gesprek met David. Wat had hij toch in haar losgemaakt? Wat deed hij met haar? Hij was inderdaad toch bijna nog een kind. Waarom was ze zo gefascineerd door hem? Het was zeker niet zijn uiterlijk. Hij was lang en dun. Je zou hem ook 'mager' kunnen noemen. Beslist geen atletische figuur! En die grote flaporen, die door zijn korte haar zijn hoofd domineerden. Het ene oor flapte nog meer dan het andere. Nee, zijn uiterlijk was het niet, ook al vond ze hem niet lelijk. Maar wat was het dan wel? Waren het zijn ogen, die bijna verborgen achter zijn bril met het donkere montuur de wereld en alles wat zich erin afspeelde registreerden? Bruine ogen die melancholisch, maar niet treurig de wereld in keken. Of was het meer die serieuze uitdrukking op zijn gezicht, alsof hij over alles nadacht?

De tweede gieter stroomde over en haastig draaide ze de kraan dicht. Met beide gieters liep ze naar de haag van de koraalmalven, in Suriname *angalampu* genoemd, wat hanglamp betekent. Terwijl ze de planten begoot, zwierven haar gedachten weer ver weg.

O, als Henk nog bij haar was. Als hij toen met haar was getrouwd in plaats van naar Indië te gaan, zouden ze nu een zoon kunnen hebben, zo oud als David. Met moeite onderdrukte ze haar tranen.

Toen David haar de brief gebracht had op die zaterdagochtend, vele weken geleden, had ze zijn haar gestreeld toen hij wegging. En even was het alsof hij haar zoon was. Zo'n heerlijk gevoel! Haar hart bonsde hevig, toen hij daarna de trap afliep en over de brug verdween.

Ze liep weer terug naar de kraan en vulde beide gieters opnieuw. Nu was een grote struik *krere-krere*, pauwenstruik, aan de beurt.

O, wat hoopte ze, dat hij zich niet bezwaard voelde door haar. Ja, ze moest heel voorzichtig met hem zijn, besloot ze. Niet te snel handelen. Laat het gewoon groeien. En als hij niet geïnteresseerd was om contact met haar te hebben, dan was het ook goed. Ze wilde zich niet opdringen, daarvoor mocht ze hem te graag. Dat was vreemd, want ze kende hem helemaal niet. Ze hadden slechts twee keer kort met elkaar gepraat. Op de bewuste zaterdag en vandaag bij het zwembad. Maar niettemin voelde ze zich niet alleen tot hem aangetrokken als een moeder. Hij had haar hart van slag gebracht, zoals nu ook weer, als ze aan hem dacht. Ze had daar geen verklaring voor.

De rust keerde in haar terug: hij had vandaag niet afwijzend gereageerd toen ze met hem sprak.

Integendeel. Ze had de indruk, dat hij haar nabijheid op prijs stelde. Ook al had ze hem op die zaterdag met haar naaktheid geschokt.

Heel weinig mensen die ze kende, wisten met naaktheid om te gaan. Ze besloot hem te beschermen en hem geen verdere intieme blikken te bieden, zelfs als haar eigen naaktheid voor haar volkomen normaal en natuurlijk was.

Na de *krere-krere*-struik ging ze naar de frangipaniboom, haar lieveling. Toen ze een paar jaar geleden in het huis trokken, was hij meer dood dan levend. Ze had hem liefdevol op krachten gebracht en om zijn dankbaarheid te tonen, bloeide hij elk jaar weer maandenlang. Ten slotte gaf ze water aan de kleinere plantjes, die overal in de tuin stonden, waarbij ze meerdere keren de gieters moest vullen. Het schemerde al toen ze klaar was en met Freddy naar binnen ging.

4. Het blauwe paard

DE HELE MORGEN KON DAVID ZICH NIET CONCENTREREN OP de les. Hij kon alleen maar denken aan wat hem die middag te wachten stond.

Een stem diep in hem zei, dat het niet goed was. Dat het verboden was, haar te bezoeken. Ja, die deelde hem stilletjes mee, dat het al slecht en verdorven was, dat hij haar *wilde* bezoeken.

Maar een andere stem sprak dat tegen: "Ze heeft je uitgenodigd. Het is toch onbeleefd om niet te komen opdagen."

En dan was Sandra er ook nog. Ze zat in de linker rij, een bank voor hem. Hij was al meer dan een half jaar verliefd op haar. Alleen had hij het niet aangedurfd om het haar te tonen. Zelfs met zijn beste maatje had hij er nooit over gesproken, uit angst dat het haar via een omweg ter ore zou kunnen komen.

"Wat zou Sandra zeggen als ze erachter kwam dat je contact hebt met een volwassen vrouw, die bovendien getrouwd is?", vroeg de onverbiddelijke stem.

"Niets!", fluisterde de andere stem, "het gaat haar toch helemaal niets aan. Je hebt geen verplichtingen tegenover haar. Ze weet niet eens dat je verliefd bent op haar. En het is ook maar zeer de vraag of haar dat überhaupt bevalt. Nee, nee, je kunt mevrouw Varenbrink zonder bezwaren bezoeken. Dat is de normaalste zaak van de wereld!"

Hij sloot zijn ogen en de gedachte aan haar marmerkleurige borsten met die roze puntjes leidde hem naar de wereld van dromen en verlangens. Zijn twijfels verdwenen langzaam. En uiteindelijk besefte hij dat hij naar haar toe zou gaan, ofschoon hij niet wist wat hem zo aantrok: haar lichaam, het geheim dat ze hem wilde onthullen of haar persoon, met haar heerlijke zachte stem en haar verhalen over haar tijd in Indië.

De elleboog van zijn vriend William, die naast hem zat, haalde hem uit zijn gemijmer. Geschrokken keek hij om zich heen zonder te beseffen waar hij was.

"Pas op!", fluisterde William. "Hij heeft al twee keer jouw kant op gekeken. Ben je in slaap gevallen of zo?"

Toen de leraar voor de derde keer zijn blik op hem richtte, kon hij min of meer onschuldig terugkijken.

Tijdens het middageten kwamen de twee inwendige stemmen weer afwisselend aan het woord. Blijkbaar was hij er uiteindelijk toch niet meer zeker van. De ene stem herinnerde hem weer aan het meisje op de bank links van hem. In gedachte ademde hij de geur in die ze verspreidde en keek toe hoe ze met haar rechterhand de mooiste letters op papier toverde. Haar kaneelkleurige huid, haar donkere haar, dat in een lange vlecht bijna tot op haar heupen hing, haar gitzwarte ogen en de lieve glimlach die hij steeds weer bij haar gezien had, terwijl zijn hele lichaam naar haar verlangde. Hij droomde al een half jaar van haar. Of was het intussen al een heel jaar? Hij had steeds weer naar een mogelijkheid gezocht, om haar het geheim van zijn verliefdheid te onthullen. Een paar keer was hij haar genaderd, in de volle overtuiging dat hij het haar deze keer echt zou zeggen. Maar telkens zonk hem de moed in de schoenen en zonder een woord te zeggen liep hij haar voorbij of zei iets anders, iets onbenulligs.

"Ja, zie je wel! Dat gaat nooit lukken!", riep de andere stem, "ga toch naar je uitnodiging en verheug je op wat er komen gaat!"

Zo bleef David besluiteloos in zijn kamer tot het half drie was. Toen verzamelde hij al zijn moed bij elkaar en begaf zich langzaam op weg naar mevrouw Varenbrink.

Hij klopte aan en zonder dat hij haar hoorde aankomen, ging plotseling de deur open. Daar stond ze dan voor hem: in korte broek, een nonchalant uitziend t-shirt en op blote voeten.

“Hallo David, fijn dat je er bent.”

Ze wenkte hem naar binnen. David schopte zijn slippers uit en volgde haar naar de woonkamer. Bij de deuropening bleef hij verbaasd staan. Hij vroeg zich af waarom hij de vorige keer toen hij hier naar binnen ging om de brief af te geven, niets van dat alles wat hij nu zag, opgemerkt had. Hij deed een paar stappen de kamer in en bleef met open mond staan. Ze draaide zich naar hem om en glimlachte tevreden.

“Mooi, is het niet? Ik heb ze pas onlangs opgehangen.”

David kon nog steeds geen woord uitbrengen en knikte zwijgend. Het was fascinerend! Er hingen verschillende schilderijen aan de wanden die een grote indruk op hem maakten. Hij had nog nooit in zijn leven zo’n pracht aan kleuren gezien, in ieder geval niet op schilderijen. Een van deze doeken in het bijzonder trok zijn aandacht. De expressiviteit ervan was overweldigend. Hoewel David het heel vreemd vond dat een paard blauw was, kon hij zijn ogen er niet van afhouden.

Ze had zijn blik gevolgd.

“Dat is mooi, nietwaar?”

Hij knikte, nog steeds niet in staat iets te zeggen, en liep naar dat blauwe paard om het beter te kunnen bekijken.

“Ja, dat is heel mooi”, zei ze opnieuw, meer tegen zichzelf dan tegen hem.

“Heeft u dat geschilderd?” Hij had zijn stem terug.

Er klonk onzekerheid en ontzag in zijn toon. Onzekerheid, omdat hij het niet goed kon geloven dat iemand, die een paar honderd meter bij hem vandaan woonde, zoiets moois kon creëren. Ontzag, omdat hij diep in zijn binnenste wist dat ze deze schilderijen daadwerkelijk had gemaakt.

“Ja”, antwoordde ze.

“Maar niet alle motieven zijn door mij ontworpen. Dit paard is van Franz Marc. Ik vond het zo mooi dat ik het nageschilderd heb."

Nadat David alle andere schilderijen had bekeken, gingen ze op de bank zitten, die met zijn licht oranje kleur goed paste bij de bonte pracht van de schilderijen.

Maar ze stond meteen weer op.

"Wat onattent van me om te gaan zitten zonder je iets aan te bieden. Ik heb zelfgemaakte ananassiroop. En Johanna, het dienstmeisje, heeft gemberbier gemaakt."

"Is dat de ananaslimonade die ik de vorige keer heb gedronken? Die was erg lekker, maar gemberbier is ook verleidelijk."

"Ja", zei ze met een zweem van trots in haar stem.

"Deze ananassiroop is mijn ontdekking. Hij is, zoals Surinamers zeggen, *gevaarlijk* lekker."

Ze lachte hartelijk en zo aanstekelijk over de, voor Hollanders ongebruikelijke zegswijze, dat David mee moest lachen. Het bijvoeglijk naamwoord *gevaarlijk* gebruiken Surinamers om uit te drukken dat iets 'zeer', 'erg' of 'geweldig' is. Zo kan iets ook *gevaarlijk* gevaarlijk zijn.

"Maar je hoeft niet te kiezen. Je kunt beide hebben! Eerst ananas?"

Ze keek hem vragend aan. Toen hij instemmend knikte, verdween ze en keerde terug met twee glazen.

"Hier, alsjeblieft. Als we elkaar wat beter kennen, verraad ik je het recept. Het is zo eenvoudig, dat niemand er op komt."

"O, ik ben erg benieuwd hoe dat bereid wordt. We hebben vaker thuis *markusa* limonade. Mijn moeder zaaide een paar jaar geleden veel zaden van de passievrucht bij de schutting achter in de tuin, en nu hangen daar over de volle breedte de geel oranje vruchten, zo groot als tennisballen. Mijn zusje en ik eten ze graag uit de hand. Ze smaken zoetzuur en hebben een heerlijk aroma."

"O ja, dat is een goed idee", vond mevrouw Varenbrink, "Passievruchten! Daaraan heb ik nog niet gedacht. Weet je toevallig waar je moeder de zaden gekocht heeft?"

"Gekocht?", antwoordde David verbaasd. "Die kan je niet kopen. Ze heeft gewoon een paar zaden die we meestal opeten, gedroogd en dan geplant."

"Dat moet ik zeker ook doen!", riep ze uit. "Ik heb maar één boom die vruchten draagt, en dat is de guaveboom. Alle andere zijn sierplanten, met of zonder bloemen."

"O", antwoordde David, "wij hebben nogal wat om van te oogsten. Sterappels, sapotilles, *manja's*, papaya's, kersen en een hele grote tamarindeboom."

"Maar kersen groeien toch niet in de tropen!", wierp mevrouw Varenbrink tegen en keek hem vragend aan.

"Nee, natuurlijk niet. Officieel heten ze *Acerola*, geloof ik, de *Westindische kers* ", legde David uit.

De twee hadden een zeer aangename en onderhoudende middag. Mevrouw Varenbrink was zo ongecompliceerd en hartelijk dat hij het jammer vond toen ze tegen half vijf zei: "Het wordt langzamerhand tijd, dat we afscheid moeten nemen."

David stond meteen op, knikte en keek haar met zijn donkere ogen aan. Ogen waarvan zij vond dat ze vol hartstocht en verlangen waren naar iets dat onbereikbaar ver lag.

Ook zij stond op, pakte zijn hand en vroeg: "Maar je komt toch vaker?"

Ze keek hem vol verwachting aan en liet zijn hand niet los.

"Ja, graag. U wilde me nog over Indië vertellen", antwoordde hij en genoot in stilte van de aanraking.

"Dat ga ik doen, dat beloof ik! Maar als je vaker komt, moeten we een paar dingen afspreken."

"Ja, wat dan?"

"Je mag met niemand over onze ontmoetingen praten. Het zou niet goed zijn, als we een deel van de Nickeriaanse roddels worden."

Inwendig moest David lachen. Natuurlijk wilde ook hij niet dat er over hem geroddeld werd.

"Is dat het geheim waar u het over had bij het zwembad?"

"Ja, in ieder geval een deel ervan."

David kon zijn nieuwsgierigheid niet bedwingen.

"En wat is het andere deel van het geheim? Wilt u het me niet vertellen?"

"Het is een geheim dat men niet uitspreekt, maar eentje dat zichzelf openbaart."

David begreep het niet helemaal, maar vroeg ook niet verder.

"En er is nog iets."

Ze keek hem weer aan.

"Vanwege de roddel is het ook beter dat je de hoofdingang niet gebruikt. Kom mee."

Ze liet zijn hand los, greep hem bij een arm en leidde hem naar de rivierkant van de woonkamer, waar twee brede vensters een schitterend uitzicht boden over de oever, het water en de bomen aan de overkant van de Nickerierivier. Tussen de vensters was een deur. Ze wierp een korte blik door een raam, en hij volgde deze. Maar op de rivier was niets te zien. Toen deed ze de deur open en ze stapten allebei naar buiten, het kleine balkon op, vanwaar een houten trap naar de tuin beneden leidde.

"Hierlangs kan je op het voorland komen en dan ben je al bijna thuis."

Ze wees hem de richting aan. Het voorland was een braak liggend terrein tussen de rivieroever en de straat waar Davids huis stond.

"Ik weet het", antwoordde hij, "Vroeger lieten we op het voorland onze vliegers op."

"Prima, dan is alles geregeld. We halen nu je slippers, dan kan je langs deze weg naar huis gaan."

Toen hij even later op het balkon stond met zijn slippers in de hand, aaide ze hem over zijn haar.

"Zien we elkaar spoedig weer?"

Met stralende ogen had hij zwijgend geknikt en zijn hart bonsde precies zo als bij de eerste keer toen ze zijn haar streelde.

"Morgen, op dezelfde tijd?"

Weer had hij geknikt. Zijn hart bonsde nog wilder in zijn borst.

Op weg naar huis over het voorland hoorde hij steeds haar stem: "Maar je komt toch vaker?"

En als op vleugels gedragen zweefde hij naar huis.

's Avonds in bed zat ze opeens naast hem en hij voelde haar zachte hand in de zijne. Telkens als hun blikken elkaar ontmoetten, zag hij hoe haar ogen hem met genegenheid en welbehagen aftastten. Gevoelens die hij ook zelf voelde. Vlak voordat hij in slaap viel, zag hij ook de vreugde op haar gezicht toen hij bevestigend had geantwoord op haar vraag of hij weer zou komen. In de vroege ochtend werd hij wakker en taste met zijn hand over het laken naast zich. Er was niemand, hij was alleen.

5. Johanna

LIA ZAT AAN DE TAFEL IN DE WOONKAMER. ZE HAD HAAR schilderwerk onderbroken om een kopje thee te drinken terwijl de verf op het doek droogde. Het was laat in de ochtend en al behoorlijk warm. Binnenkort zou ze verder kunnen schilderen.

Er werd op de deur geklopt, hoewel die zoals altijd open stond. Ze keek op. Johanna, het dienstmeisje, stond op de drempel te wachten. Lia keek haar vragend aan en zag dat ze een klein pakje in haar hand hield.

"Mevrouw, ik heb iets voor mevrouw."

Lia was verrast.

"Ja, wat heb je voor me?"

Johanna was een beetje nerveus en aarzelde. Lia schoof een stoel voor haar bij en stelde haar gerust.

"Kom, Johanna. Ga maar naast me zitten."

Johanna ging zitten en begon.

"Mevrouw, ik wil me niet met uw zaken bemoeien, maar ik vind het jammer, dat uw man alleen in z'n kamer slaapt."

Lia was niet verbaasd, dat Johanna over zo'n onderwerp begon. Twee jaar geleden had ze Johanna uit een financieel probleem geholpen, en sindsdien was Johanna erg op haar gesteld. En zij had Johanna altijd aangemoedigd om te zeggen wat ze op haar hart had.

Johanna keek haar aan.

"Ik weet hoe het is, omdat ik het zelf heb meegemaakt. Mijn *masra* – man – had opeens geen gevoelens meer voor mij. Hij had z'n oog op een andere vrouw laten vallen. Maar wij Surinaamse vrouwen, wij weten hoe je dat moet aanpakken!"

"O ja?", antwoordde Lia verbaasd, "Hoe pak je dat dan aan? Ik heb geleerd om de dingen te accepteren die je niet kunt veranderen."

"Maar nee, mevrouw! Nee! Men *kan* het veranderen!"

Johanna's stem klonk nadrukkelijk.

"En omdat u niet weet hoe men het moet doen, ben ik gekomen. Wij vrouwen moeten elkaar ondersteunen en elkaar helpen. U bent altijd goed voor me geweest. En nu help *ik*."

Lia zuchtte. Ze vond het gesprek een beetje onaangenaam. Niet omdat Johanna over haar probleem sprak. Ook niet omdat Johanna 'slechts' een dienstmeisje was, en zij zich niet met de privé zaken van haar werkgeefster te bemoeien had. Nee, ze vond het onaangenaam, omdat ze wist dat het niet zou werken. Ongeacht welk idee Johanna ook had. Ze besloot, Johanna niet af te schepen, maar om erachter te komen wat ze haar precies wilde vertellen.

"En waarmee wil je me helpen?"

"Mevrouw, u weet niets van *Winti*, toch?"

"Van de wind? Jawel! Hij waait en het land betaalt", antwoordde Lia lachend.

Ze doelde op een Surinaamse zegswijze: *winti wai, Lanti pai* wat *De wind waait en het land betaalt* betekent, en dat zo veel wil zeggen als: *maak je geen zorgen, de overheid helpt je.*

"O nee! Mevrouw moet geen grapjes maken!", merkte Johanna streng op. "Ik bedoel het heel serieus."

Lia knikte.

"Maar mevrouw mag er met niemand over praten. Het moet geheim blijven. Niemand weet dat ik met *Winti* te maken heb."

Lia beloofde het en luisterde aandachtig naar Johanna die vertelde, dat *Winti*, de religie die de Creolen meebrachten uit Afrika, naast het christendom werd gepraktiseerd. Daaraan hadden de geestelijken, of ze nu katholiek waren of evangelisch, niet veel kunnen veranderen. Veel mensen die zondags naar de kerk gingen, droegen hun amuletten ook tijdens de dienst en namen deel aan *Winti* rituelen. Zo ook haar dienstmeisje.

"Je kunt je beter van twee kanten laten beschermen", zei Johanna glimlachend.

Vele jaren geleden, toen de liefde van haar man afnam, had Johanna een *wisiman* om hulp gevraagd. Deze magiër had een *wisi*, een tovermiddel, bereid, waarmee ze macht over haar man kon krijgen.

"En het werkte goed", zei ze stralend. "Kort daarna wilde hij me en hield hij weer van me, en heeft niet meer naar andere vrouwen omgekeken. Nu zijn we allebei *gevaarlijk* gelukkig!"

Lia's interesse was nu gewekt omdat, want baat het niet, dan schaadt het niet. Bovendien was ze ook nieuwsgierig om wat meer te weten te komen over de mysterieuze gewoontes van dit land.

Daarom had ze aandachtig geluisterd wat ze met de inhoud van het pakje moest doen, wat de *wisiman* haar voor Lia had mee gegeven. Ze bedankte Johanna en vroeg zich af hoe ze onopgemerkt aan een plukje van Peters haar kon komen. Want het was absoluut noodzakelijk iets van het lichaam van het slachtoffer aan het tovermiddel toe te voegen, en meestal was dat haar. Bij liefdesproblemen werkt schaamhaar het beste, had Johanna haar nog meegedeeld. Maar het idee dat ze 's nachts zijn slaapkamer binnen zou sluipen, om een beetje schaamhaar te oogsten, zette ze al snel uit haar hoofd. In tegenstelling tot haar, droeg hij 's nachts, ondanks de tropische hitte, een pyjama. Weliswaar licht en dun, maar toch een machtige bescherming tegen nachtelijke haarroof op de onderbuik. Nee, ze moest genoegen nemen met hoofdhaar. En toen ze kort daarna als thuiskapster zijn wilde haardos weer in model knipte stak ze een plukje haar in de zak van haar schildersjas.

In de tijd daarna had Lia het ritueel voor het opwekken van

gevoelens en liefdeslust, voor diegene die deze bezwering uitvoert, vaak herhaald, maar tevergeefs. Toen ze er met Johanna over sprak, zei die, dat het aan het hoofdhaar lag. Schaamhaar was oneindig veel beter voor liefdesaffaires. Hoofdhaar was alleen goed om iemand ziek te maken of te doden. Uiteindelijk had Lia het opgegeven, omdat ze eigenlijk niet echt geloofd had, dat het zou werken.

6. Henk

In de loop van de daaropvolgende weken en maanden bezocht David Lia meerdere keren per week. Al bij de tweede keer had ze hem gevraagd om gewoon 'Lia' tegen haar te zeggen en haar met 'je' aan te spreken in plaats van 'u'. Hij nam het dankbaar aan, maar in het begin had hij zich vaak vergist, waar ze allebei om moesten lachen. Een week later was hij eraan gewend en vroeg: "Hoe ben je eigenlijk aan de naam 'Lia' gekomen? Komt die uit de Bijbel, van Lea, Jacobs eerste vrouw?"

Lia lachte hartelijk en zei: "Nee, niets bijbels. Maar wat weet jij van de Bijbel? Ik had niet de indruk dat jij en je familie religieus waren."

"Dat klopt, maar vroeger las ik graag de Bijbel. Eerst een Kinderbijbel, want ik was pas acht, maar later las ik de echte Bijbel uit de de boekenkast van mijn ouders. Ik vond vooral het Oude Testament spannend."

"Echt waar? Ik heb mijn naam geërfd van koningin Amalia Sophie. Mijn moeder bewonderde haar en wilde die naam absoluut. Maar mijn vader vond helemaal niets aan 'Amalia' en als compromis werden ze het eens over de afkorting 'Lia', maar dan met koppelteken aan Sophie verbonden. Mijn volledige naam is Lia-Sophie. Weet je wat de betekenis van 'Sophie' is?"

David schudde zijn hoofd.

"Het komt uit het Grieks en betekent zoiets als 'de wijze' of 'de wijsheid'. Je hebt zeker wel eens gehoord van de beroemde kerk *Hagia Sophia*, die in de zesde eeuw werd gebouwd in het toenmalige Constantinopel, nietwaar?"

David knikte en ze vervolgde: "Het is nu een museum in Istanbul. De Griekse naam betekent 'Heilige Wijsheid'. In de klassieke oudheid waren de 'Sofisten' mannen, die beroemd waren om hun kennis en wijsheid. Pythagoras, naar wie de stelling van de rechthoekige driehoek genoemd is, was een van hen. Hij heeft zich met meer bezig gehouden dan alleen geometrie."

Nu was het David die slechts met een 'O, echt waar?' reageerde.

Ze zwegen allebei even, toen verraste ze hem met een andere suggestie, nóg spannender dan die van de voornamen. In plaats van telkens weer een volgende ontmoeting af te spreken, kwamen ze een signaal overeen: als David binnen mocht komen, hing er een theedoek op het achterbalkon. Die was alleen vanaf het voorland goed zichtbaar. Zo kon hij elke keer wanneer hij zin had gewoon naar haar toe gaan. Als de doek hem dan een keertje niet verwelkomde, kon hij zich omdraaien en een paar minuten later weer terug zijn in zijn kamer. Als het teken positief was, kon hij gewoon zonder te kloppen naar binnen gaan.

"Maar je moet heel goed oppassen, dat niemand je ziet!", waarschuwde ze hem.

Ook die middag werd David verwelkomd door de theedoek, en terwijl ze naast elkaar op de bank zaten te praten, begon ze opeens over schaken te spreken.

"Ik weet dat je elke vrijdag met mijn man meerijdt naar de schaakavond. Hij zei, dat je een goede speler bent. Waar heb je leren schaken?"

"Als klein kind, ik was zeven, heeft mijn oma in Amsterdam mij het damspel bijgebracht. Later toen we weer terug waren in Nickerie, heb ik dat ook met mijn vader gespeeld. Maar het damspel beviel me niet zo. Ik vond het een nadeel dat alle stenen hetzelfde waren. En dat alle zich alleen maar diagonaal naar het aangrenzende veld mochten bewegen, vond ik saai. De langere loop van de dame veranderde daar niets aan. Op een dag zag ik de stukken van een schaakspel. Ik wist intuïtief meteen dat dit mijn spel was, maar mijn vader vond me daarvoor nog veel te jong. Pas met tien jaar was het eindelijk zover. Mijn vader noemde de namen van de schaakstukken en legde mij de basisregels uit, dat wil zeggen hoe ze bewegen en hoe je stukken van de tegenstander verovert. En natuurlijk wat het doel was: wie de koning van de tegenstander schaakmat zet, heeft gewonnen."

Hij pauzeerde even en leegde het glas gemberbier dat Lia voor hem op tafel had neergezet.

"En toen speelde hij met mij. Ik heb zijn koningin van tevoren gekregen, om daarmee zijn grotere ervaring te compenseren."

"En heb je van hem gewonnen?"

"Nee, natuurlijk niet!"

David schudde zijn hoofd.

"Ik had geen idee van strategie en hoe je de stukken ontwikkelt. Maar na een tijdje kon hij me slechts een toren van tevoren geven. Als hij zonder dame begon, versloeg ik hem. En een half jaar later kon hij mij niets meer cadeau geven. We waren even sterk."

"Mooi, dat je dat zo snel geleerd hebt. Schaak je nog met hem?"

"Zelden. Want kort daarna speelde ik veel beter dan hij."

David zweeg en dacht even na. Lia keek hem aan en wachtte af.

"Weet je, het stuit me tegen de borst om van hem te winnen. Dat betekent niet, dat hij niet tegen zijn verlies kan. Het gaat meer om mijn instelling. Ik verheug me er niet op om van hem te winnen. Ik voel dat niet als een triomf. Integendeel, ik voel me schuldig als ik win. Het is alsof ik iets doe dat tegen de natuurlijke orde is."

Ze keek hem peinzend aan.

"Merkwaardig, dat je er zo over denkt."

Ze zwegen allebei een tijdje, toen vroeg David: "Schaak jij ook?"

Ze lachte hardop.

"Nee, dat is veel te ingewikkeld voor mij. Mijn arme brein kan niet zoveel dingen onthouden!"

Ze stond op en schonk hem een glas van haar heerlijke ananaslimonade in.

Toen ze het hem overhandigde, vervolgde ze: “Maar mijn verloofde was een goede schaker.”

“Verloofde? Je bedoelt je man?”

“Nee, voordat ik mijn man ontmoette, was ik verloofd met iemand anders.”

“Je was verloofd? En waarom ben je niet met hem getrouwd?”

David realiseerde zich meteen, maar te laat, dat je zo’n directe vraag niet stelt.

Hij sloeg geschrokken zijn hand voor zijn mond en stamelde: “O, sorry, dat had ik niet mogen vragen.”

Ze keek hem aan en zei niets. Er lag droefheid in haar ogen.

Toen trok ze liefdevol zijn hand van zijn mond weg, nam die in de hare en zei met zachte stem: “Omdat hij stierf voordat we konden trouwen.”

David zag de tranen in haar ogen. Hij wilde haar omhelzen en troosten, maar hij durfde niet.

Ze zaten een tijdje zo, terwijl Lia zijn hand vasthield, en uiteindelijk had hij de moed om het te vragen.

“Wat is er gebeurd? Heeft hij een ongeluk gehad?”

Ze liet zijn hand los, stond op en liep naar de slaapkamer. Toen ze terugkwam droogde ze haar ogen met een zakdoek en ging weer zitten.

“Nee, het was geen ongeluk. Je hebt beslist gehoord dat de Indiërs na de oorlog niet langer een Nederlandse kolonie wilden zijn. Ze wilden onafhankelijk zijn.”

“Ja, natuurlijk weet ik dat. En onder Soekarno hebben ze die onafhankelijkheid ook verkregen.”

“Dat klopt. Maar dat ging niet zonder slag of stoot. De Nederlandse regering wilde dat alles bleef zoals het was. En werd daarin ondersteund door de meeste kolonisten die daar hun comfortabel leventje wilden behouden. Wij, mijn ouders en ik, woonden niet meer in Indië toen dat gebeurde. Al in 1946 kwamen we terug naar Nederland."

"Maar wat heeft dat met je verloofde te maken? Was je al in Indië met hem verloofd?"

"O nee! Ik ontmoette hem voor het eerst in Nederland. Maar de Nederlandse regering heeft een leger naar Indië gestuurd om de opstand neer te slaan. Men noemde het eufemistisch 'politionele actie' om te verdoezelen dat ze er een leger heen stuurden. En Henk, mijn verloofde, werd opgeroepen en met duizenden andere jonge mannen naar Indië verscheept."

Lia zuchtte en keek hem verdrietig aan.

"We praten er een andere keer over, oké?"

Hij knikte zwijgend.

Ze stond op en pakte uit de boekenkast een kunstboek met illustraties van schilderijen van beroemde schilders, ging aan tafel zitten en wenkte hem om naar haar te komen. Ze bekeken veel mooie afbeeldingen. Lia wist over elk kunstwerk iets te vertellen: over de symboliek, onder welke omstandigheden het was geschilderd, wie de schilder was en wat voor leven hij als kunstenaar leidde. De tijd vloog voorbij en al snel moesten ze weer afscheid nemen van elkaar.

Maar voordat hij wegging, wilde ze weten of hij een vriendin had. En toen hij dat ontkende, vroeg ze verder of hij ooit verliefd was geweest.

"Jawel hoor!"

Hij knikte en vervolgde: "Ze heet Sandra. Ze zit in mijn klas, in de rij links, een bank voor mij."

"En? Is ze ook verliefd op jou?"

"Dat weet ik niet. Ik denk het niet."

Hij zuchtte diep.

“Waarom weet je dat niet?”, riep Lia verbaasd uit, “Praat je dan niet met haar?”

“Ja, ik praat wel met haar. Maar niet daarover. Ik durf niet.”

“Wat jammer”, vond Lia, “hoe wil je daar dan achter komen?”

“Geen idee!”

David schudde hulpeloos zijn hoofd.

“Ik weet het niet.”

Ze liep met hem naar het balkon en terwijl David zijn slippers aantrok, streelde ze zachtjes zijn haar. Hij keek naar haar en voelde een brandend verlangen om haar te kussen, maar hij durfde niet. Zij, echter, sloeg haar armen om hem heen en kuste zijn voorhoofd.

Hij zei alleen maar: “Dag.”

Toen draaide hij zich om, ging de trap af naar de tuin en liep naar huis. De kus brandde op zijn voorhoofd terwijl Sandra’s gezicht voor zijn ogen verscheen.

Toen Lia de balkondeur achter David sloot, bleef ze in gedachte verzonken staan. Was het te opdringerig geweest toen ze zijn voorhoofd kuste? Zij had het toch heel voorzichtig gedaan? Niet stormachtig. Ook niet teder en emotioneel als een minnares. Het was een normale afscheidskus geweest, zoals tussen vrienden. Of zoals een moeder haar kind kust. Toch had het haar overweldigd. Ze moest toegeven dat de kus veel meer voor haar betekende: het was een gebaar van liefde, een liefdesverklaring! Maar mocht dat? Ze voelde de onzekerheid in haar hart en de tranen in haar ogen. Waarom was liefde zo problematisch?

7. De Zeedijk

"IK RIJ MET BLACKIE NAAR DE ZEEDIJK", RIEP DE VADER VAN David, "Wie gaat er mee?"

"Ik!", riep Davids jongere zus.

"En jij?", wendde zijn vader zich tot David, "Ga je ook mee?"

David was net klaar met zijn huiswerk en wist niet zeker of hij op het voorland zou gaan kijken of Lia's doek buiten hing, of dat hij meteen naar het zwembad zou gaan. En besluiteloos als hij was, had hij zonder veel enthousiasme toegezegd om mee te gaan.

Ze stapten in. Hond en zusje achterin, David op de stoel naast zijn vader. De rit duurde niet lang. De Zeedijk lag net buiten Nickerie, voorbij de plaats waar de Nickerierivier uitmondde in de Atlantische Oceaan. Vanaf hier kon je bij eb de resten van het verdronken plaatsje DE PUNT zien, dat rond 1820 gesticht en ongeveer een kwart eeuw later omgedoopt werd tot NIEUW-ROTTERDAM. Rond 1880 werd het samen met de omliggende plantages verzwolgen door de zee, na jaren van constante afbraak door de golven van de Atlantische Oceaan. Nadat men meer landinwaarts het stadje Nieuw-Nickerie had gebouwd en de zee ook dit dreigde te vernietigen, werd als bescherming de zeedijk aangelegd.

Ze stopten bij de vuurtoren. Andere mensen kwam je hier zelden tegen, maar vandaag was er een groep moslims met hun *tadya*. Vier mannen droegen de kleine bamboe toren en gooiden het bouwsel met het erop gelijmde gekleurde vliegerpapier in het water. Ondertussen riep de menigte luid *Hassan* en *Hoessein*, en een paar mannen sloegen op grote trommels. Tussen de mensen ontdekte David Yusuf uit de parallelklas. Hij ging naar hem toe en vroeg hem wat dit alles betekende.

Yusuf lachte en zei: "Dit is een *tadya*."

"Ja dat weet ik", antwoordde David, "maar wat betekent het? Ik bedoel: welke traditie is ermee verbonden?"

Geduldig legde Yusuf het hem uit.

"Fatima, de dochter van de profeet Mohammed, was getrouwd met haar neef Ali, die Mohammed later tot zijn opvolger benoemde. Hoessein was een zoon van Ali en Fatima en volgde Ali als kalief op, nadat deze vermoord was ..."

"Vermoord?", herhaalde David verwonderd.

"Ja, dat waren toen wilde tijden en er heersten rauwe gewoontes in de Orient. Omdat wij moslims hier in Suriname niet het heiligdom van Hoessein in Irak kunnen bezoeken, vereren we hem op een andere manier, met een *tadya*. Dat is een symbolische weergave van zijn graftombe, uitgevoerd in bamboe en papier. En wanneer we een *tadya* met ons rond dragen, herdenken we Hoessein. Door de latere moord op Hoessein en zijn broer Hassan in de zevende eeuw bestaat er tot op de dag van vandaag rivaliteit tussen Soennieten en Sjiieten. Maar bij ons in Suriname verdraagt men elkaar zonder problemen."

Blackie, een bastaard herdershond, was niet onder de indruk van het schouwspel. In plaats daarvan ontdekte hij tot zijn vreugde in de tegenovergestelde richting een kleine kudde schapen die op de dijk graasde. Nadat hij ze, zijn instinct volgend en ons roepen negerend, alle kanten opgejaagd had, kwam hij terug met een schuldige blik in zijn ogen.

Inmiddels was de groep moslims uit elkaar gegaan en weer op weg naar huis. Het werd stil en leeg. Zoals altijd had de zeedijk iets aangenaams, want kijkend over het water kon je je op een warme zomerdag aan de Hollandse kust wanen. Maar zodra je je blik landinwaarts richtte, corrigeerden de weelderige vegetatie met de vele kokospalmen en de eronder staande eenvoudige hutten deze illusie. Er stond altijd een frisse noordoostwind, die je hier het zilte nat van de zee deed ruiken. Bij vloed stond het water tot aan de stenen borstwering en bij hoge zeegang sloegen de golven eroverheen. Maar slechts zelden kwamen ze over de nog hogere aarden dijk, die erachter lag. Het was nu vloed, maar geen springtij. Bij eb zou het water zich mijlenver terugtrekken, en op de modderige grond zouden honderden vogels waden, op zoek naar iets van hun gading.

De beide mannen – hond en zusje bleven beneden – klommen via de roestige jacobsladder omhoog tot aan het platform van de vuurtoren. David bewonderde de gigantische gloeilamp, waarvan het licht in het donker tot ver in zee te zien was. Hij vond dat zijn booglamp, met de koolstofkernen uit lege batterijtjes en het strijkijzer van zijn moeder als stroombegrenzer, net zo'n helder licht verspreidde. Ze tuurden over het water, maar er was geen schip te zien. Alleen de overblijfselen van de verdolven nederzetting waren in de verte als zwarte stippen zichtbaar. Even later gingen ze weer naar beneden en reden met hond en zusje naar huis.

Kort na het plaatsnaambord moesten ze vaart minderen door een langzaam voor hen rijdende motorfiets met twee politieagenten erop.

"Haal ze toch in!", drong David aan bij zijn vader, "die zijn zo traag."

Zijn vader schudde het hoofd en zei: "Nee, dit genoegen zullen we ze niet doen. Die twee loeren er gewoon op, om me een bekeuring te geven.

David begreep niet waarom je een bekeuring zou moeten krijgen, als je een langzame motorfiets inhaalt. Maar hij stelde geen verdere vragen. Hij wist dat zijn vader altijd voorzichtig was. Altijd oppaste, om anderen niet voor het hoofd te stoten. Hij kende zijn vader als rustig en niet erg spraakzaam.

Bijna elke zondagochtend zaten hij en Davids moeder in de

schaduw van de grote sterappelboom in de tuin. Er werd nauwelijks gesproken. Hij rookte zijn pijp en las in een Hollands tijdschrift, dat met enkele weken vertraging in Nickerie aankwam. Zijn moeder las een boek dat ze uit de bibliotheek had gehaald. Op een gegeven moment stond ze op en kwam terug met twee kopjes koffie met melk, die ze zwijgend leegdronken. Daarna lazen ze verder tot het tijd was om het middageten voor te bereiden. 's Zondags was zijn moeder daarvoor verantwoordelijk, omdat het dienstmeisje dan vrij had. Davids vader was weliswaar erg praktisch, maar koken behoorde niet tot zijn vaardigheden.

David glimlachte even, toen hij eraan dacht, dat zijn moeder buiten de zondagochtend in de tuin, helemaal niet zo stil en zwijgzaam was. Ze hield van praten en had ook altijd een mening paraat. Hij zag haar als *vriendelijk dominant*. Ze zag er goed uit, maar vond zichzelf te dik en probeerde tevergeefs om dat te veranderen. Thuis had ze de leiding en nam de meeste beslissingen. Zijn vader vond het wel goed zo. Alles was in orde zonder dat hij er voor moest zorgen. Hij speelde het dagelijkse ritueel braaf mee: Als het middageten op tafel stond, schepte ze zijn bord vol en gaf hem altijd de lekkerste stukken vlees of gebakken kip. Hij protesteerde, doordat hij met zijn handen in een afwerende gebaar probeerde zijn bord af te schermen. Maar hij capituleerde altijd en zij zegevierde. David wist dat het eigenlijk liefdevol bedoeld was.

Ze reden langs Lia's huis en hij wierp een steelse blik in die richting. Hij zag haar niet.

Toen ze thuiskwamen, besloot David om naar de zwemtraining te gaan. Hij had hem al drie keer voor Lia laten uitvallen. Ook vandaag was hij liever naar haar gegaan, maar de clubkampioenschappen waren over twee weken, en hij wilde niet, nee hij kon niet, weer wegblijven. Tijdens de training zag hij meneer Varenbrink met zijn vrienden tafelvoetbal spelen, en meteen waren zijn gedachten bij haar. Omdat Lia bij de waterpolo wedstrijd constant in z'n hoofd bleef, kon hij zich niet concentreren op het spel. Zijn team verloor verpletterend en iedereen schold hem uit.

Midden in de nacht werd hij wakker. Hij had rusteloze dromen gehad, maar kon zich niet meer herinneren waarover die gingen. Voordat hij weer in slaap viel, verscheen Lia. Ze stond plotseling naast zijn bed en kleedde zich uit. Hij voelde, hoe de lust met haar te slapen groter en groter werd. Maar toen ze naast hem lag, legde hij alleen maar zijn hoofd op haar borst en sliep in met een gelukzalige uitdrukking op zijn gezicht.

8. De meditatie

Lia zat in haar kamer op haar kleine kussen met een dunne deken erover. Zoals bijna altijd tijdens het mediteren was ze naakt. Vandaag had ze zich daarvoor niet eens hoeven uit te kleden. Ze liep al sinds het middageten bloot rond, omdat ze het vanwege de verzengende middaghitte aangenaam vond van kleding bevrijd te zijn. Ze dacht aan David. Waarom was hij al een paar dagen niet meer naar haar toe gekomen? Hoe heerlijk zou het zijn, als hij er nu was. Sinds zij elkaar regelmatig ontmoetten, was er een verbinding tussen hun innerlijk ontstaan. Het was zo heerlijk om met hem van gedachten te wisselen over onderwerpen die hen beiden interesseerden. Over kunst, over religie en filosofie, over haar jeugd in Indië. Hij had altijd aandachtig naar haar geluisterd, en ze wist zeker dat hij echt luisterde en niet alleen maar deed alsof. Het brak haar hart niet meer wanneer ze hem zag, zoals in het begin van hun ontmoetingen. Zeker, hij herinnerde haar sterk aan haar overleden verloofde Henk. Maar de vreugde hem te zien had het verdriet, dat ze na al die jaren nog steeds voelde, aanzienlijk verlicht. Ze had zo graag haar leven met Henk gedeeld. En een zoon als David gehad.

Opeens had ze het sterke gevoel, dat David vandaag zou komen. Meestal, als ze iets zo sterk voelde, had ze het niet bij het verkeerde eind. Nee, ze was er zeker van, dat hij zou komen!

Ze hoopte dat David kalm en natuurlijk op haar naaktheid zou reageren en dat de schok van haar naakte lichaam hem niet gevangen hield, zoals bij de allereerste keer, toen hij haar borsten had gezien. De laatste tijd had ze steeds weer erover nagedacht en daarbij haar twijfels de ruimte gegeven. Uiteindelijk was ze tot de conclusie gekomen, dat het oké was om een liefdesrelatie met hem aan te gaan. Natuurlijk, als ze zich vergist had, zou ze hem tot niets overhalen, wat hij niet wilde. Maar ze had gemerkt hoe hij haar aankeek als ze samen waren. De gelukzalige blik in zijn ogen als hij naar haar luisterde en zijn verlangen naar haar was zo duidelijk waarneembaar. Toen ze over dit alles nadacht, werd het haar duidelijk, dat er toch niets verkeerds aan kon zijn elkaar in liefde te ontmoeten.

Dat het verkeerd was in de ogen van de anderen, die haar zouden veroordelen omdat ze twintig jaar ouder was dan David en hij bovendien net zestien was, ja, daar was ze zich terdege van bewust. Maar het kon haar niets schelen. Ze had nog nooit de waardeoordelen van 'de samenleving' boven haar eigen oordeel gesteld. Nee, David kon komen, ze zou hem zo ontvangen zoals ze daar zat.

Na het middageten ging David naar zijn kamer en had zich, ondanks de hitte, meteen aan zijn huiswerk gewijd. Hij werkte de opgaven snel en nauwgezet door. Vroeger had hij het niet zo serieus genomen, omdat de school hem nauwelijks interesseerde. De meeste vakken waren even saai als de leraren, die ze gaven. Ze waren gebaseerd op het uit het hoofd leren van oninteressante feiten die zonder verband werden verteld. Maar onlangs, toen er een nieuwe wiskundelerares uit Paramaribo kwam, was er iets veranderd. Ze was in staat de hele klas, en vooral hem, voor wiskunde enthousiast te maken. En ook voor het vak natuurkunde was zijn instelling veranderd. Eindelijk iets met een systeem, waarvan men alleen maar het verband tussen de verschillende onderdelen moest begrijpen, en hij niets meer moeizaam uit het hoofd moest leren. En aangezien hij de echt afschuwelijke vakken, zoals aardrijkskunde, geschiedenis en biologie niet meer had, ging hij weer met plezier naar school. Het was echter grotendeels de invloed van Lia geweest, die ervoor zorgde dat hij over de school nadacht. Ze had hem laten beseffen dat het leven met een goed schooldiploma beduidend meer kansen biedt dan zonder. Ook dan, als het maar om een MULO-diploma ging, want een middelbare school was er helaas niet in Nickerie.

Lia! Hoe had ze zijn leven veranderd, zelfs zeer veranderd, zonder dat hij kon zeggen wat er precies veranderd was. Alles leek makkelijker te zijn. Het was zo ontspannend als ze over haar verleden vertelde. Hij genoot ervan met haar de afbeeldingen in de vele kunstboeken die ze bezat te bekijken en om naar de interessante details te luisteren. Maar het boeiendst was het, wanneer ze over religie spraken. Eigenlijk was het iets heel anders, dan wat hij eronder verstond en uit zijn omgeving kende. In Nickerie was er een kerk van de Evangelische Broedergemeente, behorend tot de Hernhutters, waar overwegend mensen van Creoolse afkomst naartoe gingen. Als kind had hij regelmatig de kerkdiensten bezocht, want hij zat een paar jaar op de Spangenbergschool, een door de Hernhutters bestuurde lagere school. Maar waar Lia het over had, had niets met de bijbel te maken.

Het was vooral interessant wanneer ze over Indiase filosofie sprak. Over wijze mannen – yogi's – die in staat waren, met de kracht van hun geest schier onmogelijke dingen te doen. Ze legde hem ook uit hoe belangrijk het is vóór een reactie op wat dan ook, eerst na te denken. Het ging erom, niet de eerste impuls te volgen, maar de tijd tussen prikkel en reactie te gebruiken om de essentie van de gebeurtenis met zijn geest te doorgronden. Een andere keer zei ze hem, dat hij moest proberen de dingen meer als waarnemer te zien, zonder te oordelen en nog minder te veroordelen. Loslaten noemde ze dat. Dat is de kracht van de boeddhistische monniken. Hij vond dat allemaal goed en wel, maar het loslaten in de praktijk brengen, dat lukte hem niet, had hij haar bij de volgende ontmoeting opgebiecht.

Ze had hartelijk moeten lachen en zei: "Het kost de monniken een half mensenleven om dit voor elkaar te krijgen, en jij denkt dat je het binnen een week moet kunnen? Het grootste gevecht van de mens is de strijd tegen zichzelf."

Hij had noch het een, noch het ander echt begrepen, maar hij vond zichzelf niet meer zo dom en hulpeloos. Lia had het blijkbaar gemerkt, nam zijn hand in de hare en voegde eraan toe: "Je kunt het heel eenvoudig ook zo begrijpen: Hoe meer je je aan iets vastklampt, des te moeilijker het wordt om het juiste te doen. Dat klinkt heel simpel en logisch voor iedereen, maar het in de praktijk te brengen, dat is echt een grote opgave, die men niet lang genoeg kan oefenen."

Opeens begreep David wat ze bedoelde en hij voelde een golf van genegenheid in zich opkomen.

Hij was klaar en legde zijn schriften en boeken weg. Het was even voor drieën. Nu was het de hoogste tijd om Lia te bezoeken. Hij gleed in zijn slippers en sloop stilletjes het huis uit. Na ruim honderd meter ging hij over de brug naar de andere kant van de brede sloot en liep naar de oever van de rivier. Daar sloeg hij linksaf en volgde het voetpad aan de oever. In de dekking van een paar struiken hield hij aan en zag de theedoek op Lia's balkon.

Hier, op het voorland, had hij als kind in het droge seizoen, als de passaatwind krachtig waaide, samen met vele andere kinderen vliegers opgelaten. Vliegers die de kinderen zelf maakten, want geld om er eentje te kopen hadden ze niet.

Hij spiedde om zich heen, om er zeker van te zijn dat niemand hem gevolgd was. Er was niemand te zien. Voordat hij verder liep, ging hij naar de plaats waar verschillende korjalen, aan elkaar vastgebonden, aan de oever afgemeerd waren en liet zijn blik over de rivier glijden. Soms waren er vissersboten die dicht bij de oever voeren. Maar ook op het water was niets te ontdekken. Hij haalde opgelucht adem en liep snel de laatste meters naar het terrein van de Varenbrinks. Daar sprong hij over de smalle greppel die de grens vormde. Nog twintig meter en hij stond bij de trap, die naar het kleine achterbalkon leidde en toegang tot de woonkamer verschafte. Hij spiedde door de oevervegetatie nog een keer over de rivier, en liep toen de trap op, waar hij werd verwelkomd door Freddy, die voor de deur lag. Hij deed de deur open en liet de slippers van zijn voeten glijden en ze gingen allebei stilletjes naar binnen. De woonkamer was leeg. Ze moest in haar kamer zijn. Op weg ernaar toe zag hij een karaf met glazen op de tafel staan. Hij glimlachte. Lia had gemberbier voor hem klaargezet. Zij wist dat hij dat erg lekker vond.

De deur naar haar kamer stond half open en hij duwde hem zachtjes verder open, om naar binnen gaan. Zijn adem stokte. Voor hem zat Lia met gesloten ogen op een kussentje op de grond. Ze zat op haar hielen, haar rug kaarsrecht, zoals hij het van de Javaanse vrouwen op de markt kende. Wat dat betreft was het niets bijzonders, ook niet dat haar ogen gesloten waren.

Echter, ze had niets, maar dan ook helemaal niets aan. Hij keek nog een keer naar haar. Ze was spiernaakt en ademde, diep verzonken, rustig en gelijkmatig. Haar handen rustten met de handpalmen naar boven op haar dijen. Hij wist niet wat hij moest doen: zich omdraaien en wegsluipen? Maar ze had toch de theedoek buiten opgehangen! Of was die daar per vergissing blijven hangen?

Verward bleef hij op zijn plaats staan. Ja, hij moest doen, alsof hij helemaal niet was gekomen. Maar deze aanblik was zo betoverend. En hij voelde het verlangen om haar lichaam aan te raken, haar te strelen, haar te kussen, zodat hij bleef staan.

Een langzame minuut kroop voorbij en opnieuw twijfelde hij, wat wel het juiste was: nu onopvallend verdwijnen of blijven, van de aanblik genieten en erop wachten, wat er nog ging gebeuren.

Hij dacht aan het moment toen hij haar de brief van zijn moeder overhandigd had en door de aanblik van haar lichaam overweldigd was. Sindsdien hadden ze vele uren samen doorgebracht, en er was een grote genegenheid tussen hen ontstaan. Sinds zij elkaar regelmatig ontmoetten, voelde hij een sterk verlangen naar haar. Als hij haar aankeek, groeide de lust in hem. Een verlangen om onbekende gebieden te ontdekken en te verkennen. En vaak had hij de indruk gehad, dat het haar niet anders ging. Maar tot nu toe was er geen erotische toenadering tussen hen geweest.

9. De magische dans

LIA OPENDE HAAR OGEN EN GLIMLACHTE NAAR HEM.

"O David, ik ben zo blij dat je gekomen bent."

Ze maakte een kleine pauze en ging dan verder: "Je zult misschien verrast zijn, om me hier zo te vinden, maar ik mediteer altijd naakt. Ik vind dat het menselijk lichaam het grootste geschenk is, dat men hier op aarde heeft gekregen en men moet het niet altijd onder stof verbergen. Ben je nu geschokt?"

Hij schudde nadenkend zijn hoofd, hoewel het hem vreemd te moede was.

Maar ze ging al verder.

"Dat moet je ook niet zijn! We hebben toch samen de mooie naakten bekeken, die deze beroemde schilders op doek gezet hebben. Toen voelde je je toch ook niet geremd of beschaamd, nietwaar?

Feitelijk was het zo, dat David pas gaandeweg had geleerd om onbevangen naar naakten te kijken. Dat was bij de eerste keer toen hij ze samen met Lia bekeek, helemaal niet het geval.

"Goed, en hoe bevalt het je om nu geen afbeelding op papier voor je te hebben, maar een blote levende vrouw?"

Hij zweeg omdat hij niet wist wat hij moest zeggen.

"Maar David!", zei ze met nadruk, "We hebben zo vaak samen schilderijen van naakte vrouwen bekeken. Nu zie je mijn lichaam. Kijk er gerust goed naar en geniet van de aanblik. Het menselijk lichaam is ontzettend mooi, nietwaar?"

Hij knikte zwijgend zonder iets te zeggen. Hij was niet alleen overweldigd door de sensualiteit van haar lichaam, maar ook daardoor dat ze amper een meter van hem verwijderd was. Hij kon haar bijna aanraken.

"Kijk ernaar!", spoorde ze hem aan, "Laat je ogen over mijn

lichaam lopen."

Haar stem klonk onweerstaanbaar, en zwaar ademhalend voelde hij een trilling in zijn hele lichaam. Toen deed hij wat ze van hem verlangde en aarzelend bekeek hij haar. Om meer nadruk te leggen op haar aansporing, had ze haar handen in haar nek gelegd en strekte haar volle, marmerkleurige borsten naar hem uit.

"Ik weet dat ik er niet uitzie als de Venus van Milo. Ik ben iets te mollig, sommigen vinden dat ik dik ben. Maar ik ben, zoals ik ben. En daaraan ga ik ook niets veranderen. Ik voel me prima in m'n vel."

Terwijl ze sprak streek ze teder met haar handen vanuit haar nek over haar boezem alsof ze zichzelf streelde, om in het volgende moment haar borsten met beide handen op te tillen.

"Zie je wat ik bedoel? Geen Venus!"

David keek haar nu gefascineerd aan en dacht: "Ik heb toch geen Venus nodig!"

Ze glimlachte naar hem.

"En ik zou ook niet voor de potloodtest slagen."

"Potloodtest?", herhaalde hij verbaasd, "Wat is dat?"

Nu lachte Lia hardop.

"Ja, dat kan je als jonge man nog niet weten."

Ze wees naar haar dressoir en zei: "Geef me even een potlood."

Toen David het haar in hand drukte, tilde ze een borst iets op en legde het potloodje dwars eronder en liet de borst weer los, zodat het potlood eronder vastgeklemt zat en niet naar beneden viel. Daarna legde ze beide armen weer in haar nek en strekte haar borsten naar voren.

"Dat is de potloodtest! Bij jonge, stevige borsten valt het potloodje meteen omlaag. Bij vele oudere vrouwen of vrouwen met grote hangende borsten, zoals bij mij, blijft het zitten."

David wist niet wat hij daarop moest zeggen. Hij voelde zich door de situatie overweldigd, zijn mond was zo droog dat hij nauwelijks kon slikken. Zijn hart bonsde met zware slagen in zijn borst, en hij hoopte dat zij dat niet kon horen.

Ze keek hem aan met haar grote bruine ogen. De ogen waarop hij verliefd was, en ze vroeg teder: "Gaat het goed met je?"

Hij knikte en ze stond op en liep naar hem toe. Toen ze voor hem stond, legde ze beide armen om hem heen en drukte zijn lichaam stevig tegen het hare. David sloot zijn ogen. Was het van genot of eerder om zijn onzekerheid te verbergen? Hij voelde haar lippen op de zijne en vanzelf, hoewel hij nog volkomen onervaren was, opende hij zijn mond een beetje. Hij ondervond het onbeschrijfelijke gevoel, hoe haar tong er voorzichtig naar binnen drong en zijn tong zocht. Hij ervoer trillend de mooiste momenten van zijn leven toen de twee punten elkaar vonden, elkaar streelden en een tijdlang, waaraan geen einde leek te komen, in elkaar verstrengeld waren. Toen de tongen elkaar eindelijk loslieten, klopte zijn hart in dubbele maat en met dubbele kracht.

"Kom mee!", fluisterde ze in zijn oor, nam zijn bevende hand en leidde hem naar de oranje bank in de woonkamer.

"Wacht hier, ik ben zo terug."

Binnen de kortste keren was ze terug en duwde een kleine bolvormige fles in zijn hand. Door het groene glas kon hij niet goed zien wat erin zat.

"Dat is massageolie. Giet wat ervan in je hand en masseer alsjeblieft mijn nek en rug ermee."

Lia ging op haar buik op de bank liggen en hij deed in trance wat ze hem gevraagd had. In plaats van in zijn hand, liet hij een beetje olie uit het flesje op haar schouderbladen lopen en begon het voorzichtig op haar huid te verdelen. De olie was kleurloos, maar er steeg een heerlijke kokosgeur in zijn neus.

Hij trilde van top tot teen. Al zo lang had hij er in het geheim naar verlangd haar lichaam aan te raken, en nu, op het moment dat zijn droom in vervulling ging, stond hem het angstzweet op zijn voorhoofd. Angst waarvoor? Hij wist het niet. Hij sloot zijn ogen, probeerde niet te denken maar te doen. Dat wat Lia getracht had hem bij te brengen: loslaten! Niet denken aan wat was. Niet denken aan wat nog komt. Alleen maar in het hier en nu leven, in het hier en nu handelen. Dat was het enige dat telde!

Hij voelde haar fluweelzachte huid onder zijn vingers, die, alsof ze nooit iets anders hadden gedaan, over haar lichaam leken te zweven. Net toen hij zich afvroeg of hij alles goed deed, hief ze haar hoofd op en zei met licht nadrukkelijke stem, dat ze niet van stro was gemaakt, dat meteen breekt wanneer je het aanraakt. Integendeel, ze was gemaakt van sterk materiaal en hij moest een beetje krachtiger kneden.

Toen hij haar aanwijzing volgde, merkte hij hoe strak haar spieren onder zijn handen aanvoelden en geleidelijk verloor hij zijn verlegenheid en angst. Het fascineerde hem steeds meer om haar warme lichaam aan te raken.

Ze kreunde zachtjes: "O ..., precies goed zo!"

En nu wist hij zeker dat hij alles goed deed en de laatste remmingen vielen van hem af. Hij voelde een lust in zich opkomen, die hij met deze kracht nog nooit eerder ervaren had. Het zoog hem in een tunnel vol met onbekende emoties, die heerlijk aanvoelden.

Als een echte en ervaren minnaar vervulde hij haar zachtjes geuite wens om nu naar de bovenarmen te gaan. Ze waren krachtig en gespierd. Hoewel hij het niet had vermoed, kon ze best wel een langeafstandszwemmer zijn.

Na een tijdje vroeg ze: "Kun je nu verder gaan met de rug?"

Gehoorzaam goot David een beetje van de heerlijk geurende kokosolie op haar ruggengraat. Hij verspreidde de olie naar links en naar rechts en begon toen de gewenste massage met langzame bewegingen van de nek en schouders uit, tot hij de heupen bereikte. Daarna keerde hij terug naar het uitgangspunt.

Het was deze aanraking, die huid en huid met elkaar verbindend, Lia liet zweven. Hij merkte door de kleine bewegingen van haar lichaam en de licht hoorbare ademhaling, hoe ze ervan genoot. Hij voelde de band, die tussen hen was gegroeid, op een geheel nieuwe, sensuele manier, zowel in zijn hart als in zijn hele lichaam.

"Nu nog de kuiten", beval ze hem teder.

Even geconcentreerd als voorheen smeerde hij haar in met olie en masseerde haar met krachtige druk.

Zijn massagesessie was behoorlijk inspannend en hij vroeg of hij zijn hemd uit mocht doen.

"Maar ja, natuurlijk. Voel je vrij. We hebben toch geen geheimen voor elkaar nietwaar?", antwoordde ze.

Met licht trillende handen knoopte hij zijn hemd los, trok het uit en legde het zorgvuldig neer over de leuning van de stoel. Met ontbloot bovenlijf knielde hij naast haar, pauzeerde even voordat hij naar de volgende zone van haar lichaam durfde te gaan. Langzaam goot hij een straaltje olie uit het flesje vanaf Lia's dijen tot aan haar billen. Het zonlicht dat door het raam naar binnen kroop, liet de olie als een zilverachtige spoor oplichten.

Precies 5 jaar geleden, toen hij net elf was geworden, gaven zijn ouders hem een rondvlucht over Nickerie als verjaardagscadeau. Hij herinnerde zich de opwinding toen hij en twee andere passagiers in de roeiboot stapte, die hen naar het vliegtuig zou brengen dat midden op de rivier op hen lag te wachten. Tot zijn vreugde mocht hij naast de piloot zitten, de beide mannen moesten op de achterste zetels plaats nemen. Hij wist nog steeds niet of het een vriendelijk gebaar van de piloot was of dat zijn vader er extra voor betaald had. Het vliegtuig steeg op en alles werd klein onder hen. De rivier glinsterde in het zonlicht als een smalle zilveren streep tussen het vele groen. Hoewel hij geen angst voelde kwamen het vliegtuig en de inzittenden hem klein en nietig voor. Hij werd overweldigd door de aanblik van de wijde verte en alleen de rivier gaf hem houvast en oriëntatie.

Zijn ogen volgden het spoor vanaf de knieholte tot aan de zachte welvingen, waar de oliestreep eindigde. Hij stelde zich voor dat het een pijl was, die hem de weg wees. De weg naar de hem nog onbekende wereld, maar die hem des te meer fascineerde en aantrok, ja, bij hem aandrong op ontdekkingsreis te gaan.

Met stevige druk verdeelde hij de olie en dook in de heerlijke zachtheid, die hem sneller liet ademen. Hij voelde de intimiteit van haar lichaam, dit deel van haar lichaam dat hem vleugels gaf.

"O, dat was heerlijk. Dat heb je goed gedaan", zei ze na een paar minuten, draaide zich naar hem om en keek hem in de ogen.

Met een licht trillende stem vroeg hij haar: "Zal ik verder gaan aan deze kant?"

"Nee!", zei ze en schudde haar hoofd, "Nu ben jij aan de beurt."

Met een ruk ging ze op de rand van de bank zitten en trok hem naast zich.

"Keer je rug naar me toe."

Ze goot een beetje kokosolie in haar hand en wreef die tussen beide handen, alvorens ze zijn rug en nek met stevige druk masseerde. Na een tijdje stopte ze en fluisterde in zijn oor: "Nu moet je de rest ook nog uittrekken."

Als in een trance deed hij de rits open en liet de broek over zijn knikkende knieën zakken. Even later stond hij naakt naast haar. Ze trok hem bij de arm op de bank en drukte zachtjes tegen zijn blote bovenlijf, totdat hij op zijn rug lag.

"Hoe vind je het als ik je lichaam aanraak?"

Hij pakte haar hand, knikte en fluisterde met een droge mond: "Fantastisch. Het is geweldig."

Ze glimlachte en zei: "Ik vind het ook heerlijk om jou aan te raken, en even heerlijk om door jou aangeraakt te worden."

Ze stond op, liep naar het boekenrek en startte de platenspeler. Terwijl de eerste tedere, zachte tonen klonken van een muziek, die hij nog nooit eerder had gehoord, ging ze op hem zitten. Haar knieën op de bank steunden links en rechts van zijn lichaam haar gewicht. Liefdevol en heel behoedzaam leidde ze hem in tot de vereniging van beiden lichamen. Hij had zijn ogen gesloten en wist, dat dit het mooiste moment van zijn hele leven was. Nog veel mooier dan het moment, toen hun tongen elkaar vonden. Het duurde eventjes voordat de muziek merkbaar luider werd, en daarmee de bewegingen van haar bekken en het kloppen van beide harten. De muziek werd nog luider en sneller. En ook hun ademhaling in deze magische dans der vereniging, waar ze allebei zo lang naar verlangd hadden. Hij opende zijn ogen en zag, hoe haar volle borsten, wild geworden, op en neer dansten.

En voordat hij zijn ogen weer sloot, dacht hij: "Nu zouden ze voor de potloodtest slagen."

Toen Ravels Bolero met zijn machtige slotakkoorden eindigde, lagen ze innig in elkaar verstrengeld, badend in het hete zweet en trilden nog vele minuten na, voordat hun harten weer gekalmeerd waren.

Ze lagen een tijdje naast elkaar met hun ogen dicht. Toen draaide Lia zich naar David en vroeg: "Hoe gaat het met je?"

Toen ze geen antwoord kreeg, vervolgde ze: "Hoe voel je je? Ik neem aan, dat het voor jou de eerste keer was, dat je seks had. Het is een uitzonderlijke situatie, we zijn een bijzonder paar. Jij bent zestien en ik ben zo'n twintig jaar ouder dan jij. Wat voor een gevoel heb je daarbij? Ik wil niet dat je de relatie met mij zal betreuren. Snap je wat ik bedoel?"

"O ja, ik begrijp heel goed wat je bedoelt. Maak je geen zorgen om mij. Sinds we elkaar kennen, heb ik naar je verlangd. En wat we daarnet hebben ervaren, was onbeschrijfelijk mooi. Ik heb helemaal niet gemerkt dat er zo'n leeftijdsverschil tussen ons is. Als we praten en over dingen discussiëren die ons interesseren, dan ja. Maar dat vind ik heel positief. Toen we de liefde bedreven, was het alleen maar mooi, intens en mooi!"

Lia stond op en hoewel David door de emoties, die hij die middag ervaren had en die hem in het diepst van zijn innerste beroerd hadden, nog half bedwelmd was, kon hij zijn ogen niet van haar afhouden. Deze zachte welvingen die hem kort tevoren zo'n intens gevoel hadden gegeven! Hij volgde het zachte deinen van haar dijen en billen toen ze de paar stappen naar de tafel deed. Ook zonder bril, die ze op de leuning van de bank gelegd had, toen ze hem naar zich trok, kon hij elke beweging van haar waarnemen. Bij de tafel aangekomen greep Lia de karaf, die daar nog altijd wachtte, en schonk beide glazen vol. Hij zag hoe haar borsten zich met de beweging van haar armen bij het inschenken synchroniseerden, en zonder zich te bewegen voelde hij diep in zich emoties in hem opkomen, die veel meer betekenden dan de pure lichaamlijke lust die hij met haar ondervonden had. Hij hield van deze vrouw! Ze was zo mooi en zo zuiver en vol van ...

"Hier, je zult wel dorst hebben na deze inspanning", zei ze, deed een stap op hem toe en reikte hem een glas. Hij stond ook op en nam het glas aan.

"Ja, dorst heb ik wel. Maar het was geen inspanning. Het was eerder ontspanning", antwoordde hij en nam een slok. Ze hief haar glas en zei: "Op ons, op de liefde en op vele herhalingen."

David knikte, hief ook zijn glas en antwoordde: "Op ons!"

Zijn blik gleed over haar lichaam, hij bekeek elk detail en hij verwonderde zich erover, dat hij nu geen schroom meer had. Terwijl hij zijn glas leegdronk, vond hij dat ze onbeschrijflijk mooi was. Hij deed een stap in haar richting en zette zijn glas op de tafel.

Lia trok hem naar zich toe, sloeg haar armen om hem heen,

kuste hem en zei: “Het is nu tijd om je aan te kleden en naar huis te gaan. Maar vergeet dit nooit: ik hou van je!”

10. Zestien april

ENIGE DAGEN LATER WAS DAVID WEER BIJ HAAR, NOG STEEDS vervuld van de machtige krachten die het liefdesspel met Lia in hem had gewekt. Lia stond voor haar ezel toen hij binnenkwam, legde meteen haar penseel neer, liep naar hem toe en omhelsde hem onstuimig.

"Wat fijn dat je er bent. Ik heb je al een paar dagen gemist."

Ze trok haar schilderskiel uit en stond naakt voor hem.

"Kom op, kleed je uit!", spoorde ze hem aan, "Waar wacht je nog op? Jij wilt het toch ook?"

David knikte zwijgend, kleedde zich uit en hand in hand liepen ze naar haar kamer en gingen op het bed liggen. Deze keer klonk er geen muziek, maar David vond het bijna nog mooier dan de eerste keer, omdat hij zich nu meer ontspannen voelde. Toen ze weer op aarde teruggekeerd waren, stond Lia op en kwam met twee glazen ananaslimonade terug.

"O, dank je wel", zei David, die ook was opgestaan en in de woonkamer op haar wachtte, "dat is precies wat ik nu nodig heb."

Hij nam een slok, wees naar de radio die in het boekenrek stond en vroeg: "Zeg, luister je ook naar de uitzendingen van *RaNi*, Radio Nickerie? Ze hebben elke ochtend en middag een programma waarin muziek met een speciale opdracht wordt gedraaid."

"Nee, ik wist niet eens dat er hier een radiostation was. In welke taal zenden ze uit?

"In het Hollands, in *Sranantongo*[1], maar voornamelijk in het Hindoestaans. In het district Nickerie wonen overwegend Hindoestanen."

"En wat zenden ze uit?"

"Ach, lokale nieuwtjes, bijvoorbeeld welke films er worden

[1] ook kort *Sranang*, de Surinaamse taal

vertoond, er worden ook begrafenissen aangekondigd. Ze zenden ook algemeen nieuws uit, maar ik weet niet of dat echt accuraat is. Het staat in ieder geval niet op een hoog journalistiek niveau en tussen veel reclame door zenden ze de hele dag muziek uit. Kun je hun programma morgenochtend van tien tot elf aanzetten? Er komt iets dat je interesseert."

Lia was verrast omdat ze de volgende dag jarig was. Maar ze liet haar verbazing niet blijken, want behalve Peter wist niemand in Nickerie het. Zij en Peter hadden niks op met verjaardagsfeestjes, dus maakten ze er nooit iets van.

"Maar ik weet niet eens waar ik het station kan vinden", zuchtte ze. David ging naar het rek en zocht de zender voor haar op, die net Hindoestaanse muziek speelde.

Nadat ze nog een tijdje hadden zitten praten nam hij afscheid met de woorden: "Als je morgen de radio aanzet, heb je meteen *RaNi*. Om tien uur, vergeet het alsjeblieft niet!"

Om tien uur de volgende ochtend zette Lia de radio aan. Tussen de begroetingen en felicitaties – in het Hollands, en af en toe een Surinaams woord – werd populaire muziek gedraaid. Terwijl ze met één oor het programma volgde, had ze haar schilderspullen klaar gelegd en was al een poosje met een schilderij bezig, toen de stem uit de luidspreker zei: "...en nu zingt de beroemde zanger Max Woiski zijn mooiste lied voor de mooiste vrouw van Nickerie. We hebben beloofd haar naam geheim te houden. Maar toch hopen we dat dit verjaardagslied met de zeer speciale titel haar zal bevallen. Hoe het ook zij, we feliciteren de onbekende dame van harte. Luister nu met ons, lieve luisteraars, naar Max Woiski Senior, met zijn welbekende unieke Surinaamse lied *Zestien April*."

Lia spitste haar oren en luisterde aandachtig. De naam 'Max Woiski' kwam haar op de een of andere manier bekend voor. Ook in Nederland had deze zanger al in de jaren vijftig naam gemaakt met zijn vrolijke melodieën en half Surinaamse, half Hollandse teksten.

De openingsakkoorden klonken en een warme stem zong het lied in een taal die ze niet verstond. Alleen de woorden *zestien april*, die de titel van het lied vormden en een paar keer in de tekst herhaald werden, kon ze begrijpen.

> Na sestin april, di mi boto lai.
> Na Tapanahoni, na drape mi de go.
> Falawatra miti mi na Ansubangi.
> Na Tapanahoni, na drape mi de go.
> Ma di mi doro na Ansubangi,
> Di mi ati ben sari fu tru.
> Di mi memre den moi moi foto wentye,
> Di mi ati ben sari fu tru.
> Gowtu keti na yu neki,
> Gowtu linga na yu finga.
> Rosalina fu san yu de krei?

Het was een eenvoudige, ietwat sentimentele melodie, maar het raakte haar diep. Ze voelde wat David haar probeerde te zeggen met dit lied en hoopte dat hij een vertaling van de tekst zou kennen.

De volgende middag kwam David weer naar haar toe, maar ze was niet in de woonkamer, noch in haar slaapkamer.

"Hallo Lia, ik ben er! Waar zit je toch?", riep hij halfluid.

"In de keuken. Kom toch hier, dan kan je me helpen."

David ging naar de keuken en gaf haar een verlate verjaardagskus.

"Waarmee kan ik je van dienst zijn?"

"Ik ben nieuwe guavejam aan het koken, kan je de pureer zeef draaien?"

Terwijl David aan de slag ging en zij steeds weer warme guavemoes bijvulde, zei ze: "Dank je wel. Dat was een leuke verrassing gisterochtend. Dat je aan mijn verjaardag gedacht hebt! Ik wist niet eens dat ik je die een keer genoemd had."

David glimlachte trots en antwoordde: "Dat was bij het zwembad toen we na het eten onder de bomen zaten te kletsen. Toen zei je, dat je een lentekind was, geboren op de zestiende april. Ik moest meteen aan dit lied van Max Woiski denken en dus had ik geen moeite om het me te herinneren. De zestiende april is vanwege dit lied een speciale datum voor alle Surinamers."

"Heb je er een vertaling van? Ik zou graag willen weten waar de tekst over gaat."

Davids gezicht betrok.

"Nee. Ik heb nog nooit een vertaling ervan gezien of gehoord. Maar ik kan proberen het voor je op te schrijven. Heb je pen en papier?"

"Ben jij de Surinaamse taal machtig?", vroeg Lia verbaasd, "dat wist ik niet. Waar heb je dat geleerd? Zeker niet op school."

"O nee! Het was verboden om *Sranan* te spreken op school. Wie betrapt werd kreeg stokslagen op de open hand. Tenminste in de tijd dat ik naar de lagere school ging, was dat nog zo. In die tijd werd de taal geringschattend *negerengels* genoemd, of *taki-taki*, wat 'gebrabbel' betekent. Later werd dat soepeler, hoewel men nog steeds niet graag ziet, dat het op school wordt gesproken."

Ondertussen was al het guavemoes gepureerd en David ging in de woonkamer aan de tafel zitten. Toen Lia hem potlood en papier bracht schreef hij op:

> Op 16 april, toen mijn boot geladen was.
> Naar Tapanahony, daar vaar ik naar toe.
> Bij laagtij kwam ik aan, bij Ansubangi.
> Naar Tapanahony, daar vaar ik naar toe.

Maar toen ik aankwam bij Ansubangi,
was mijn hart diep bedroefd.
Toen ik dacht aan de mooie stadsmeiden,
was mijn hart diep bedroefd.
Gouden kettingen om je nek.
Gouden ringen aan jouw vingers.
Rosalina, waarom moet je dan treuren.

"Dit lied beschrijft de gevoelens van de slaven in die tijd. De Tapanahony is een zijrivier van de Marowijne, de grensrivier met Frans Guyana. Daar werd goud gevonden en dat trok veel goudzoekers", legde David uit.

"Aha, heel interessant", vond Lia en ging verder: "Maar kun je me ook uitleggen wat de radiopresentator bedoeld kan hebben met *voor de mooiste vrouw van Nickerie*? Je weet toch dat ik niet van dat soort dingen hou!"

David knikte schuldbewust.

"Ja, dat weet ik, maar ik kan er niets aan doen. Ik was eerst ook boos op Riekeman."

"Op Riekeman? Wie is dat en wat heeft hij hiermee te maken? Is hij de presentator?"

"Nee, hij is een schoolvriend van me. We zaten samen bij de padvinders. Zijn echte naam is Ulrich, maar hij wordt altijd Riekeman genoemd."

"Ulrich? Dat is toch een Duitse naam?"

"Jazeker, maar door de invloed van de Hernhutters komen er vaak Duitse namen voor in Suriname."

"Ach, ja. Maar waarom was je boos op hem?"

"Zijn broer werkt bij *RaNi* en verzorgt vaak het programma met de verzoeknummers. Ik had Riekeman gevraagd om te regelen dat dit liedje gespeeld zou worden. Hij beloofde het me, maar wilde weten voor wie het was. Toen ik zei dat het een geheim was, lachte hij veelbetekenend en zei dat hij wel iets zou bedenken. ‘Oké’, zei ik, ‘maar maak geen stomme grappen! En mijn naam mag ook niet worden genoemd!’”

David keek Lia aan. Hij wilde weten of ze echt boos was. Maar ze lachte alweer en streelde door zijn haar, en hij ging verder.

“Toen hij mij vanochtend vertelde wat zijn broer had gedaan werd ik kwaad. Maar hij vond het eigenlijk wel grappig en beweerde dat niemand vermoedde dat ik, David, er iets mee te maken had. En dat heel Nickerie zich nu afvroeg wie deze mooie vrouw dan wel was, maar dat niemand een idee had. Ik realiseerde me dat hij gelijk had, en ik was niet meer boos.”

“Ik ook niet”, stelde Lia hem gerust, “en nu ik weet hoe het komt, vind ik het ook grappig.”

Ze omhelsde David stevig en kuste hem teder.

“Dank je wel. Het is het mooiste verjaardagscadeau dat ik ooit heb gekregen!”

11. Hoofd, hart en buik

HET WAS EEN PAAR WEKEN NA LIA'S VERJAARDAG TOEN David plotseling vroeg: "Lia, waarom ben je verliefd op me geworden?"

Zijn vraag kwam nogal onverwacht voor Lia. Ze lagen op haar bed, hun armen om elkaar heen geslagen, hun benen in elkaar verstrengeld en hun lichamen zo dicht tegen elkaar genesteld dat je kon denken dat ze uit één stuk marmer waren gehouwen.

"O, David. Dat is een vraag die moeilijk te beantwoorden is. Niemand weet zo precies waarom hij verliefd wordt op iemand anders. Ik weet het dus niet. Maar nu ik erover nadenk, kan ik je zeggen dat het me goed doet als je bij me bent. En ik denk dat dit gevoel wederzijds is. Het is gewoon fijn om je gevoelens met iemand anders te delen en te voelen, dat er een band is tussen twee mensen. En als die band bestaat op de drie niveaus van 'hoofd, hart en buik', is het des te mooier."

"Wat bedoel je met hoofd, hart en buik?", vroeg David nieuwsgierig.

"Ik bedoel, wanneer je volledig van de ander houdt. Hoofd staat voor het intellectuele niveau van liefde. Het heeft te maken met nadenken en plannen. Met afwegen en beslissingen nemen. Met het wederzijds begrijpen, dat door gesprekken met elkaar groeit."

"Ja, dat kan ik volgen."

"Mooi", zei Lia, terwijl ze naar hem glimlachte, "hart staat voor de emotionele kant van liefde. Voor gevoelens zoals genegenheid, vriendschap, gehechtheid, warmte, zorgzaamheid en verlangen."

"En buik, waar staat dat voor?", wilde David weten.

"Buik staat voor lichamelijkheid, erotiek en seksualiteit. Voor lust, verlangen en begeerte. Daar, waar de vlinders je kietelen."

"Ik snap het", zei David en moest gniffelen.

"De overgangen tussen deze drie niveaus zijn niet afgebakend, maar zijn vloeiend. Bovendien kunnen ze elkaar soms tegenspreken. Het punt is dat ze in evenwicht zijn. De buik streeft naar een aangenaam leven, het hart wil een vervuld, gelukkig leven, en het is niet altijd gemakkelijk voor het hoofd om de juiste beslissing te nemen."

"Lia, wat bedoel je met een vervuld, gelukkig leven?"

"Je leven is vervuld als je er op je oude dag met dankbaarheid en vreugde op terug kunt kijken. Niet in de laatste plaats ook op de uitdagingen en problemen waarvan je iets hebt geleerd en die hebben bijgedragen om jezelf en jouw levensgeluk te ontwikkelen. Je bent nog jong, David, en het is niet gemakkelijk voor jonge mensen om zich dat voor te stellen. Maar op een dag zul je de leeftijd bereiken waarop je zult begrijpen waar ik het nu over heb."

Lia maakte zich voorzichtig los uit Davids omhelzing, ging op de rand van het bed zitten en streelde liefdevol zijn wangen. David voelde haar warmte en genegenheid, en plotseling werd hij zich er pijnlijk van bewust dat hij dit gevoel nooit bij zijn moeder had ervaren. Reeds als kleine jongen had hij het verlangen in zich gevoeld om liefdevol aangeraakt te worden. Om gestreeld te worden. Hij kon zich niet herinneren, dat hij ooit bij zijn moeder op schoot had gezeten, of dat zij hem in haar armen had genomen of gekust had.

Zijn moeder had voor het welzijn van de familie heel andere talenten moeten ontwikkelen. Ze was zelf amper achttien en de oudste van vijf broers en zussen – de jongste was net twee jaar oud – toen de beide ouders plotseling kort na elkaar overleden. In een tijd en land zonder sociale voorzieningen of ondersteuning van de overheid moest zij elke dag zorgen voor voldoende eten voor het ouderloze gezin. Met veel moeite en toewijding en de steun van de andere kinderen had ze het gered. Pas onlangs had David van dit lot gehoord en hij begreep hoezeer deze omstandigheden hun stempel op zijn moeder hadden gedrukt.

Lia's stem haalde hem uit zijn gedachten: "Voor mij betekent een vervuld leven dat ik bewust in het hier-en-nu wil leven en de pijn van mijn levensweg wil loslaten. Het verleden is voorbij en het heeft me verscheidene pijnlijke ervaringen bezorgd. De toekomst is er nog niet en is ongewis. Ik weet niet of die me pijn zal brengen of vreugde. Waarschijnlijk een beetje van allebei. Ik kan het verleden niet veranderen maar wel de negatieve weerslag ervan op het heden. Ik probeer alles wat ik heb meegemaakt, of dat nu goed was of slecht, te zien als een geschenk ... "

David reageerde totaal verbaasd: "Hoe kunnen problemen en slagen van het lot, zoals de dood van Henk, een geschenk zijn?

Lia keek hem aan en knikte.

"Wat ik bedoel is dat ik probeer – en ik word er steeds beter in – om het verleden te zien als een leerproces dat me heeft gemaakt tot de persoon die ik nu ben. En wat mijn toekomst betreft: die probeer ik positief te beïnvloeden voor mezelf en de mensen om me heen, maar in hoeverre ik succesvol ben of zal zijn kan ik niet zeggen. Maar in mijn relatie met jou spelen hoofd, hart en buik een grote rol."

Intussen was David bij Lia op de rand van het bed gaan zitten en luisterde met toenemende aandacht naar haar. Hij dacht even na en vroeg toen: "Je had het over 'verscheidene pijnlijke ervaringen'. Waren er naast de dood van Henk nog meer gebeurtenissen in je leven die je pijn hebben gedaan?"

Ineens veranderde Lia's uitdrukking en ze keek hem met haar bruine ogen ernstig en verdrietig aan. Plotseling zag ze er weemoedig uit, pakte zijn hand en hield hem stevig vast, alsof ze steun bij hem zocht.

"Dit is niet het leven dat ik als jonge vrouw wilde. Ik wilde dicht bij mijn man zijn, zijn tederheid voelen. Maar wensen komen niet altijd uit en je hebt niet altijd invloed op de ontwikkelingen in het leven. Soms spelen er factoren mee, waar je geen invloed op hebt."

Ze stond op van het bed en zei: "Ik ga iets te drinken halen. Door al dit praten is mijn mond echt droog geworden. Wil je ook wat?"

"Ja, gemberbier", antwoordde hij en keek haar na terwijl ze door de deuropening ging en door de woonkamer naar de keuken verdween. Hij vond het altijd zo mooi om naar haar naakte lichaam te kijken terwijl ze zich bewoog. Het natuurlijke lichtvoetige dansen van haar borsten en het subtiele wiebelen van haar billen, als ze liep.

Ze kwam terug in de woonkamer met twee gevulde glazen en zei: "Laten we even pauzeren. Kom mee naar het balkon. De geur van de tuin en vooral de reuk van de frangipani, die nu in bloei staat, is zo heerlijk."

"O ja", zei David, "toen ik kwam, ben ik even blijven staan om de geur in me op te nemen. Die is zo verleidelijk en zoet. Je kunt die al van een grote afstand ruiken. Maar het is niet alleen de geur die betoverend is. De pracht van hun bloesem is dat ook. Heb je ooit de grote rupsen van de pijlstaartvlinders gezien die deze plant vaak aanvallen? Ik heb de vlinders zelf nog nooit gezien, ofschoon ze wel dertig centimeter groot kunnen worden. Maar de rupsen met hun felle kleuren zijn prachtig. Ik heb eens gelezen dat het de grootste rupsen zijn die waar dan ook bestaan."

Lia keek hem verbaasd aan. "Jij vind deze rupsen mooi? Het zijn zulke vraatzuchtige dieren. Ze kunnen in korte tijd de hele boom kaalvreten."

"Ja, dat weet ik. Maar de rupsen willen ook leven. En het is nu eenmaal hun aard om bladeren te eten."

"Je hebt gelijk, mijn jongen. De natuur heeft haar eigen regels en wetten en is meer dan iets waar we van kunnen genieten. Het samenspel is complex en men moet voorzichtig zijn om daarin in te grijpen. Ik heb je overigens daarom gevraagd om naar het balkon te komen, omdat de geur van de frangipanibloesem een positief effect heeft op de geest. Tijdens de maanden dat hij bloeit lig ik vaak in de hangmat onder het huis en laat me betoveren door de geur."

Ze stonden een tijdje buiten op het balkon, dronken gemberbier, tuurden over de verlaten rivier en genoten van de geur die vanuit de tuin naar hen toe kwam.

"Dat is een van de echt belangrijke vaardigheden in het leven", zei ze, "om de schoonheid van de natuur in al haar facetten te kunnen waarderen en ervan te genieten. Of het nu de kleur van een bloem is of de betoverende geur die we nu ruiken, het maakt niet uit. Het belangrijkste is dat we ervoor openstaan."

12. Henks afscheid

Terug in het huis gingen ze naast elkaar op de bank in de woonkamer zitten, en Lia pakte de draad weer op. "Opdat je mijn verhaal beter kunt begrijpen, vooral over de nare ervaringen waar je me eerder naar vroeg, zal ik je over een paar voorvallen in meer detail vertellen."

"Graag", zei David.

"Nadat Henk was omgekomen in Indië, had ik het heel moeilijk. Hoewel we apart woonden, ik bij mijn ouders in Leiden, hij als student in Amsterdam, waren we heel close. We begrepen elkaar zonder woorden. We schreven elkaar bijna elke dag en elk woord, elke regel van hem was een klein gedicht ...."

"Hoe heb je hem leren kennen?", vroeg David nieuwsgierig, "Jij zat in Leiden en hij in Amsterdam."

Lia glimlachte en er verscheen een tedere uitdrukking op haar gezicht.

"Het was woensdag negenentwintig januari 1947. Ik zal deze datum nooit vergeten. Omdat er een leraar ziek was, eindigde de school voor onze klas om elf uur. Toen ik buiten stond, werd ik verblind door de laagstaande zon en het was behoorlijk koud. Zoals je weet, ging ik naar Indië toen ik net twee jaar oud was en ik kwam pas terug toen ik achttien was. Ik had nog nooit geschaatst. Het water van de Singel, bij ons om de hoek, was bevroren. Ik ben er met een paar oude houten schaatsen, die je met riempjes onder je gewone schoenen moest binden, naartoe gegaan, want ik brandde van nieuwsgierigheid en wilde niets liever dan het ijs op. Het was net voor de middag en behalve ik waren er bijna geen mensen. In het begin lukte het vrij goed, maar op een gegeven moment viel ik ongelukkig en mijn been deed erg pijn. Ik probeerde weer op te staan toen hij plotseling naast me stond en met een vriendelijke stem vroeg: 'Juffrouw, kan ik u helpen?' Hij stak zijn hand naar me uit en en trok me omhoog. Op weg naar huis ondersteunde hij me. Mijn moeder, met haar Indische gastvrijheid, nodigde hem meteen uit om te blijven eten, en vanaf die dag zagen we elkaar regelmatig en al snel waren we één hart en ziel. Ja, je zou kunnen zeggen: we hielden van elkaar met hoofd, hart en buik!"

"O, wat romantisch", zei David ontroerd en keek Lia afwachtend aan

"Op een dag vertelde hij ons dat hij was opgeroepen voor de dienstplicht en al twee weken later met een troepenschip naar Indië zou vertrekken.

Wij, mijn ouders en ik, waren als door de bliksem getroffen, ofschoon we dit al gevreesd hadden. Ik smeekte hem om zich te laten afkeuren, om te doen alsof hij gek of gestoord was. Hij moest voor een verklaring van ongeschiktheid zorgen of deserteren en naar het buitenland vluchten. Ik had vreselijke angsten om hem en nachtmerries, en in die visioenen zag ik hem dood naast een rijstveld liggen. Maar hij zei: 'Ik kan zoiets niet doen, Lia. Ik ben het weliswaar niet eens met het Nederlandse beleid, dat de Indiërs hun gerechtvaardigde verlangen naar zelfbeschikking ontzegt, maar ondanks dat is het mijn plicht om deze opdracht te vervullen. En ik zal me er niet aan onttrekken.' Ik wist dat ik hem niet om kon praten en moest verder leven met mijn angst."

Lia pauzeerde even, zuchtte en nipte uit haar glas.

"In juli 1947 vertrok het schip met Henk en vele andere jonge mannen. Ik zwaaide hem uit. De tranen stroomden over mijn gezicht, zoals bij alle jonge vrouwen die voor onbepaalde tijd – en misschien wel voor altijd – afscheid moesten nemen. De dag ervoor hadden we ons nog officieel verloofd, we vonden het belangrijk om dit gebaar van verbintenis te maken voordat hij naar het slagveld ging. We wisselden onze ringen uit, maar we hadden geen zin om het te vieren."

"Heb je daarna nog iets van hem gehoord? Hebben jullie elkaar nog brieven geschreven?"

"O, ja! Dat deden we nog steeds. Elke dag schreef ik veel regels, ook al bracht ik de brieven maar één keer per week, op zondag, naar de brievenbus. Om acht uur 's avonds, werd hij geleegd en de brieven waren nog op tijd in het vliegtuig dat maandagochtend naar Indië vloog. Elke brief van hem maakte me opgelucht omdat ik wist dat hij een week tevoren nog leefde. Zo gingen de maanden voorbij, ze waren lang en eenzaam. De opluchting bij het aankomen van zijn brieven nam in de loop van de week gestaag af, totdat de volgende brief kwam. En zo leefde ik in een afwisseling van gevoelens, die echter minder uitgesproken waren naarmate de tijd verstreek. Geleidelijk aan had ik minder angstdromen. Je went aan elke situatie. Het leven gaat door en je probeert je niet te laten beheersen door de angst. Ik heb altijd een heel goede band met mijn ouders gehad en de gesprekken met hen, vooral met mijn vader, die psycholoog was, hebben me geholpen. Ik woonde nog bij mijn ouders thuis en was net begonnen, psychologie en kunstgeschiedenis aan de universiteit te studeren, toen ik in september 1948 voor het eerst geen brief van Henk kreeg. Ik was meteen erg ongerust, maar mijn vader kalmeerde me en zei: 'Lia, het is toch meer een wonder dat er tot nu toe elke week een brief uit Indië is gekomen. Jij kent het land zelf en je weet toch hoe onbetrouwbaar de mensen daar zijn. Volgende week komen er zeker twee brieven voor jou.'"

Lia zuchtte en zweeg.

David wachtte met spanning tot ze verder ging en toen Lia bleef zwijgen, raapte hij zijn moed bij elkaar en fluisterde: "Maar er kwamen geen brieven meer, hè?"

Lia knikte en ging toen verder:

"Ja, de volgende weken gingen voorbij en er kwam geen brief

meer. Ik bleef mezelf naar de universiteit slepen, het studeren leidde me een beetje af van mijn angsten. Op een dag, toen ik thuiskwam, stond mijn vader me bij de voordeur op te wachten. Hij sloeg zijn arm om mijn schouders en zei: 'Lia, de moeder van Henk heeft vandaag gebeld. Henk leeft niet meer. Hij is samen met anderen al drie weken geleden gesneuveld. Vanwege het grote aantal doden worden ze niet overgebracht naar Nederland, maar begraven op een militaire begraafplaats op Java.'"

Lia had nu tranen in haar ogen.

David nam haar in zijn armen, omhelsde haar en fluisterde aangedaan: "O, wat vreselijk!"

"Later heb ik Peter leren kennen. Hij is vijftien jaar ouder dan ik. Het was geen liefde op het eerste gezicht, zoals met Henk. We waren zeer, waarschijnlijk te zeer verschillend. Hij wist niets van kunst, wat niet erg was. Maar het feit dat hij van kitsch hield, vond ik wel een probleem."

"Wat is kitsch?", vroeg David, die deze term niet kende, nieuwsgierig.

"In een notendop gezegd, probeert kitsch niet het ware of het werkelijk mooie weer te geven, maar legt eerder de nadruk op eenvoudige, meestal sentimentele aspecten. Peter kan er niets aan doen dat hij geen begrip heeft van kunst – of misschien toch wel? Men kan altijd iets nieuws leren! In Parijs, waar we heen gingen met onze huwelijksreis kocht hij wat schilderijtjes voor me, en dacht, dat hij me daarmee blij kon maken. Maar ze waren zo vreselijk dat ik ze op een gegeven moment heb verwijderd en mijn eigen schilderijen heb opgehangen. Niet omdat *ik* ze geschilderd heb, maar omdat ze mooi zijn. Het hadden ook posters kunnen zijn. Een voor tien gulden gekochte reproductie van een goed kunstwerk is meer waard om opgehangen te worden dan een smakeloos origineel!"

Lia's stem was plotseling energiek geworden en David was

verwonderd, omdat hij dat niet van haar gewend was. Ze stond opgewonden op, liep haar kamer in en kwam terug met een doek in haar handen.

"Kijk eens wat ik bedoel", zuchtte ze, en hield het schilderij voor zijn neus, "Dit heeft hij in Parijs voor me gekocht."

Het was een witte poedel met een roze strik op zijn kop. David keek er geschokt naar en wist niet wat hij moest zeggen. Er voer een huivering door zijn leden.

Lia legde het doek op tafel en ging verder.

"Maar hij was heel betrouwbaar en gaf me een veilig gevoel. We waren allebei eenzaam en dus besloten we maar te trouwen. Het had mooi kunnen worden. Soms groeit de liefde in een relatie wanneer je nader tot elkaar komt en elkaar beter leert kennen. Wanneer je elkaar leert te waarderen en in vertrouwen neemt. Wanneer je fysiek dicht bij elkaar wilt zijn en het fijn vindt om elkaar aan te raken. Misschien weerhield mijn verdriet om Henk mij er destijds van om Peter te geven wat hij zocht in een huwelijk met mij. Misschien hadden we allebei een fout gemaakt door ons te binden. Maar het was gebeurd. We realiseerden ons te laat dat het niet goed met ons ging. Ik ben vrij opgevoed. Mijn vader studeerde in Duitsland en trouwde daar met mijn moeder. Beiden waren daar actief in de naturismebeweging, en later in Indië gingen we vaak naakt zwemmen aan het strand niet ver van ons huis. Ik vond het altijd natuurlijk en aangenaam om naakt rond te lopen, als het warm genoeg was. En dat vind ik nu nog steeds. Peter zag het heel anders."

Ze keek hem aan en lachte kort.

"Daarom zit ik nu naakt naast je en voel ik me op mijn gemak. En ik vind het fijn dat jij je schaamte hebt afgeworpen en naakt naast me zit. Dat moet in het begin vast ongewoon voor je zijn geweest. Ik had de kans om al in mijn eerste semester op de kunstfaculteit naakt te poseren en verdiende er zelfs behoorlijk wat zakgeld mee."

Ze streelde zachtjes zijn dijen en vervolgde: "Ik zie lichamelijkheid en seksualiteit als iets positiefs. Als iets goddelijks. Ik sta achter de gedachten van de Kamasoetra."

"Wat is dat?", vroeg David verbaasd, hij had dit woord nog nooit eerder gehoord.

"Laten we het daar een andere keer over hebben, oké?"

David knikte instemmend en Lia vervolgde: "Peter is niet zoals ik. Niet zo vrij opgevoed. En als de kloof tussen de wensen en dromen van twee partners te groot is ..."

Lia zuchtte, keek hem aan en vroeg: "Verveel ik je met mijn gezeur?"

"Nee, helemaal niet! Vertel verder."

"Toen gebeurde er iets dat een einde maakte aan mijn hoop, dat onze relatie ooit ten goede keren kon. Peter had een ernstig ongeluk met zijn motorfiets. De doktoren en therapeuten konden hem met een lange operatie en daaropvolgende weken van revalidatieoefeningen weer op de been brengen. Maar sindsdien was hij niet meer de Peter die hij vroeger was. Hij was door het ongeval impotent geworden en had geen lustgevoelens meer of vreugde aan fysieke aanrakingen. Ja, zoals ik al eerder zei: ik heb me mijn leven anders voorgesteld."

"O, wat tragisch voor jullie allebei", zei David meelevend terwijl hij Lia's hand vastpakte.

Ze zwegen een tijdje, toen verbrak Lia de stilte.

"Ik weet dat ik geen filmster ben. Maar ik heb toch mijn charme. Ik ben weliswaar niet bijzonder intelligent, maar ik heb gestudeerd, hoewel ik mijn studie niet met een diploma afgesloten heb. Sommige mensen halen hun neus op, omdat ik niet meedoe aan hun geklets. Maar ik ben geen dom boerenmeisje, dat ze uit de stal gejaagd hebben. Ik weet genoeg over het leven om andere mensen te kunnen beoordelen. Maar ik zou ze nooit veroordelen."

Lia zweeg weer een tijdje en ging toen verder.

"Je vroeg me eerder waarom ik verliefd op je werd. Misschien kan ik het nu beter beantwoorden. Je doet me op veel manieren aan Henk, mijn grote liefde, denken: Je uiterlijk, lang en dun. Je lach gecombineerd met je ernst. Je bent net als hij, een goede schaker. Maar wat nog belangrijker is, en het klinkt nu misschien vreemd, als ik dit zeg tegen jou, die twintig jaar jonger is dan ik: ik voel me veilig en ontspannen als je bij me bent. Ik geniet van de liefkozingen die we uitwisselen. Sinds we een liefdesrelatie hebben zijn mijn zorgen en de angsten, die ik op zwakke momenten had, verdwenen. Alleen nog de zon schijnt in haar stralende pracht in mijn hart en ik voel me de gelukkigste mens op aarde. Ik denk, dat dat de reden is, dat ik van je hou."

Lia leunde naar hem toe en streelde zachtjes door zijn haar. David sloot als betoverd de ogen en ze kuste zijn lippen teder.

En ook hij voelde zich de gelukkigste mens op aarde.

13. De droom

Op een namiddag, toen David weer eens een keertje Lia bezocht, zat ze in de woonkamer aan de tafel te lezen in een boek met de titel *Dromen.* Hij ging naast haar zitten. Ze streelde zijn haar en begroette hem met een kus.

Teder pakte hij haar hand en vroeg: "Wat ben je aan het lezen?"

"O, iets over dromen. Ik heb dit boek van mijn vader gekregen."

"Het gaat over dromen?", antwoordde David verbaasd. "Hoe kun je over dromen een boek schrijven? Bij mij zijn ze meestal 's morgens als ik wakker word al weer helemaal weg of kan ik mij er nog maar vaag iets van herinneren."

"Weet je dat zeker? Maar je kunt je toch soms wel een droom herinneren, nietwaar?"

David keek in Lia's ogen.

"Je hebt gelijk! Soms kan ik het me herinneren. Vooral een droom die ik steeds weer droom. Maar daar kun je toch geen boek over schrijven?"

'Je droomt vaak dezelfde droom? Dat is interessant. Vertel me er iets over!"

"Ja goed. Maar het is niets bijzonders. Ik droom alleen maar dat ik nog een klein kind ben. Ik woon in een huis met een balkon, en vanaf dit balkon zie je water. Ik dacht eerst dat het ons huis hier in Nickerie was, met uitzicht op de rivier. Maar we hebben op de eerste verdieping alleen maar een balkon aan de achterzijde, daar vandaan kun je de rivier niet zien. Er is hier in Nickerie, aan de Kanaalstraat, op het kruispunt bij het sportveld, een huis met een balkon met uitzicht op de rivier. Ik heb een tijdje gedacht, dat dit het huis van mijn dromen was. Maar elke keer als ik wakker werd, kon ik me nieuwe details herinneren ..."

"Zie je wel! Je kunt je zelfs details van een droom herinneren", onderbrak Lia hem.

Hij knikte.

“Ja, en ik weet zeker dat ik in de droom een zee zie, met helder water, en niet een modderige rivier met mangrovebomen. En in latere dromen zag ik dat het een baai was met heuvels en bergen aan de andere kant. In het midden, niet ver van de oever, lag een eilandje. En toen had ik het merkwaardige gevoel, dat dit huis zich in Indië bevond.”

Lia keek hem aan en vroeg verbaasd: “In Indië? Hoe komt je daarbij?”

“Ik weet het niet. Misschien omdat het ook een Hollandse kolonie was.”

“Maar er zijn zes eilanden in het Caribisch gebied, die bij Holland horen. Waarom zou het niet zo eentje kunnen zijn, waar jouw droomhuis staat?’, zei Lia en glimlachte naar hem.

“Ik weet het echt niet. Ik denk dat de vegetatie op die eilanden anders is. In de droom is het klimaat zoals hier: heet en vochtig. Een keer verscheen er een zwart-wit gevlekte hond op het balkon. Hij leek erg op Freddy.

Ze keken allebei in de richting waar Freddy lag. Die richtte zijn kop op en kwispelde met zijn staart.

“Vreemd”, vond Lia, “wij ...”

Ze zweeg toen David verder vertelde: “In de tuin stonden links van het balkon twee grote amandelbomen ...”

“Dat kan Indië niet zijn!”, onderbrak Lia hem, “in de tropen komen geen amandelbomen voor. Noch in Suriname, noch in Indië!”

David keek haar verbaasd aan en zei: “Ja zeker zijn er hier amandelbomen! Bij ons om de hoek staat een enorm groot exemplaar. En in het zwembad staan er drie naast elkaar tussen het kinderbadje en het volleybalveld. We hebben er met z’n tweetjes onder zitten praten. Herinner je je dat niet meer?”

Nu was het Lia die verbaasd reageerde: "Dat zijn toch geen amandelbomen!"

"Ja, geen echte! Dat weet ik ook. Maar hier in Suriname noemt men ze gewoon zo. Hun vruchten zijn niets bijzonders, maar deze bomen zorgen voor veel schaduw. Daarom zijn ze zo geliefd."

"Ja goed. Deze bomen komen inderdaad ook in Indië voor. Ze worden daar *ketapang* genoemd."

"Zie je wel", riep David uit, "ik dacht toch al dat ze daar voorkomen."

"En? Zijn er nog meer spannende dingen in je balkon-dromen."

"Nee, helaas niet. Maar misschien droom ik er nog iets bij."

"Nou, dan moet je het mij beslist vertellen! Ik vind het interessant om te horen waar je van droomt", zei Lia.

Ze vervolgde: "Maar nu nog iets anders. Wat wil je drinken? Vanochtend heb ik verse ananassiroop gemaakt. Wil je daar iets van?"

"O ja, graag."

David stelde zoals altijd gefascineerd vast, hoe mooi ze was, toen ze door de deur naar de keuken ging. Deze bewegingen van haar lichaam! Ze waren zo natuurlijk en benadrukten haar anatomie: de spieren van haar kuiten, die zich bij elke stap spanden, om zich daarna weer te ontspannen. Haar rug, met de lichte inkeping die begon op de plek waar de ruggengraat, nauwelijks zichtbaar uit de nek komend, zijn weg tussen de schouderbladen naar beneden vond en op heuphoogte met een lichte welving de daar links en rechts beginnende billen accentueerde. Ze was veel mooier dan al die schilderijen van deze beroemde schilders. De billen, die zich bij elke stap in tegenritme van de kuiten harmonieus, ja bijna als zachte golven op een kalme zee, bewogen. Hoewel ze graag en vaak ging zwemmen, was er bijna geen kleurverschil zichtbaar tussen de huid die door het badpak bedekt was en de rest van het lichaam. David moest onwillekeurig even glimlachen, toen Lia met haar ouderwetse badpak, in gedachte voor zijn ogen verscheen. Wat zou ze graag zonder badpak in het water willen gaan. Wat zou hij haar graag daarbij vergezellen. Wat jammer, dat dit onmogelijk was.

Toen Lia terugkwam uit de keuken, zag hij haar mooie volle, met roze stralende tepels gekroonde borsten. Ze dansten verleidelijk op en neer. En bij die aanblik voelde hij, hoe daardoor de begeerte in hem groeide. Toen zijn blik over haar buik naar beneden gleed en hij de kleine driehoek in z'n vizier kreeg, sloot hij zijn ogen en vocht tegen de lust die hem heen en weer slingerde en in zijn binnenste explodeerde. Hij sidderde over zijn hele lichaam alsof hij naakt in de vrieskou stond.

Lia strekte haar arm uit en overhandigde hem een glas. Ze merkte niets van zijn emoties en zei: "Je hebt mij toch een keer naar het recept gevraagd, ik heb je nog steeds niet verteld hoe ik de siroop maak, nietwaar? Ben je nog steeds geïnteresseerd?"

Ze keek hem vragend aan.

"Ja hoor. Vertel op!", bracht David met moeite uit. Hij beefde nog steeds. Hij nam een slok limonade en hoorde hoe zijn tanden op het glas klapperden.

"Zeg, wat is er met je aan de hand?"

Ze keek hem onderzoekend in de ogen. David had zich weer een beetje onder controle.

"Nee, niks, alles is ok. Vertel me toch hoe je de siroop maakt."

"Het is erg eenvoudig. Zo nu en dan koop ik een rijpe ananas op de markt. Als ik geen rijpe kan vinden, laat ik hem gewoon een paar dagen narijpen. Voordat ik hem schil, poets ik hem met een borstel totdat hij helemaal schoon is. Daarna verwijder ik, zoals gewoonlijk de onderkant en de kroon, zet hem neer en snijd de schil vrij dik af. Zo dik dat er niets van de schil in het vruchtvlees blijft zitten. We eten het vruchtvlees zoals we normaal doen. Maar van de schillen kook ik dan de siroop met water en veel suiker.

Ik kook de onderkant ook mee als hij er goed uitziet. Dat is alles. Wat de meeste huisvrouwen weg gooien, dat wordt mijn siroop."

"Dat klinkt helemaal niet ingewikkeld!", vond David vol bewondering, "Zo eenvoudig en zo lekker."

"Jawel", zei Lia trots, pakte hem bij zijn arm, trok hem naar haar toe en kuste hem teder. Hun beider lippen die nog steeds naar ananas smaakten, raakten elkaar lang en innig aan. Toen ze elkaar los lieten, fluisterde ze hem in zijn oor: "Wil je je niet uitkleden en met mij naar bed gaan?"

De tsunami der lusten steeg opnieuw op van zijn tenen naar zijn hoofd. Hij probeerde zijn overhemd los te knopen, maar zijn handen trilden zo hevig dat het hem niet lukte.

Gelukkig leidde ze hem af met een vraag: "Hoe gaat het met je vriendin?"

Ze bedoelde het meisje uit zijn klas.

"Goed", antwoordde hij, en terwijl ze over Sandra praatten, lukte het hem de knopen één voor één los te maken, totdat hij eindelijk zijn overhemd op de stoel kon leggen.

"Heb je al met haar gesproken?"

"Nee, maar dat ga ik binnenkort doen", zei hij zonder veel overtuiging en vervolgde: "Ik heb een klein beetje hoop."

"O ja", zei Lia verrast, "vertel op!"

"Twee weken geleden, op een zondagochtend, was ik in de bibliotheek toen ze daar binnenkwam. Ze was tamelijk verrast mij daar aan te treffen. Maar ze kwam naar mij toe en vroeg welke boeken mij interesseerden. Toen ik zei dat ik slechts een paar boeken terugbracht die mijn ouders hadden geleend was ze teleurgesteld. Trots liet ze mij haar boeken zien. De drie nieuwste van Enid Blyton, waar de Nickerianen zo lang op hadden gewacht en die nu eindelijk aangeschaft waren door de bibliotheek. Ik voelde me doodongelukkig en wist niet wat ik moest zeggen. Maar ze glimlachte en zei dat er naast boeken nog andere mooie dingen in het leven waren. En daarbij keek ze me zo diep in de ogen dat ik er bijna duizelig van werd."

"Ooo", zei Lia veelbetekenend, "dat is toch een goed teken!"

David knikte, maar hij was er helemaal niet zo zeker van of Sandra hem een teken wilde geven.

"En? Kom je me dan nog steeds bezoeken als ze je vriendin wordt?", wilde Lia weten

"Ik weet het niet, ik denk van wel."

Lia lachte.

"Ik denk, dat je dan zo verliefd bent, dat je mij heel snel gaat vergeten."

Hij lachte ook en wist niet wat hij daarop moest zeggen.

"Kom, kleed je helemaal uit!", spoorde ze hem aan en keek toe terwijl hij dat deed.

Het volgende moment drukte zijn naakte lichaam weer stevig tegen het hare en fluisterde: "Ik wil een lok van je haar als aandenken. Als herinnering aan onze mooie uren met z'n tweetjes. Mag ik een kleine afsnijden?"

"Ja, zeker", zei hij en stak zijn hoofd naar haar toe, zodat ze er beter bij kon.

Ze lachte, trok hem mee naar haar kamer en pakte een schaartje uit een la.

Ze ging op het bed zitten en zei: 'Toch niet van je hoofd! Ik wil graag een plukje van je schaamhaar."

"Ook goed!"

David toonde zijn verbazing niet, boog zijn knieën lichtjes en schoof zijn bekken naar voren. Lia knipte voorzichtig een klein krullend plukje af.

Toen ging hij naast Lia op bed liggen en ze begonnen elkaar te strelen, totdat ze samen tussen de sterren zweefden.

Nadat David was weggegaan, haalde Lia een envelop uit een la en stak David's klein, gekruld, donker plukje haar erin. Ze kuste de envelop teder en legde deze weer terug in de lade onder de overige enveloppen.

Daarna liep ze de woonkamer in en ging op de bank zitten waar het *Droom*-boek nog opengeslagen lag. Ze nam het echter niet op en staarde in plaats daarvan uit het raam en observeerde hoe een kleine roeiboot zich van de oever aan de overkant los maakte en de rivier overstak. Gedachten aan het gesprek met David en aan zijn dromen over het balkon-huis hielden haar bezig. Het kon toch niet waar zijn ...?

Ze probeerde aan iets anders te denken, maar het lukte niet. En de roeiboot! Waarom moest hij uitgerekend nu de rivier oversteken? Opeens had ze niet langer dat zorgeloze gevoel, dat haar altijd vergezelde, sinds ze David regelmatig zag. Ze voelde hoe de kiem van een onzekerheid in haar begon te groeien. David, en zijn dromen! Wat als ...?

Ze zuchtte diep, pakte het boek op en probeerde zich op de tekst te concentreren. Maar het lukte haar niet. Haar gedachten zweefden steeds naar de roeiboot. Ze bleef daar zitten. Pas toen het bijna schemerde, stond ze op, kleedde zich aan en ging naar beneden om de tuin water te geven.

14. Balekambang

EEN HALF UUR GELEDEN WAS DAVID GEKOMEN EN BIJ LIA AAN de tafel gaan zitten. Ze schonk hem een glas gemberbier in en stond op om een boek te halen over het leven en werk van Vincent van Gogh. Ze ging naast hem zitten en samen bekeken ze de afbeeldingen waarvan de meeste in kleur waren. Ze stopte bij het *Caféterras bij nacht* en bestudeerde het aandachtig.

"Prachtig!", fluisterde ze, terwijl ze zijn hand vastpakte, "ik ga er een kopie van maken. Kijk eens hoe de tafels dankzij hun heldere oppervlakten op het eerste gezicht in de lucht lijken te zweven. Pas als je goed kijkt, zie je de onderstellen eronder."

David deelde haar enthousiasme en zei: "Het ziet er veel moeilijker uit dan het *Blauwe Paard*, maar ik denk dat het je net zo goed lukt."

Lia glimlachte gevleid en wilde verder bladeren, toen David zei: "Er was daar trouwens ook een klein meisje."

Toen hij Lia's verbijsterde gezicht zag, legde hij uit: "In mijn droom van het huis in Indië kwam een meisje voor. Misschien tien jaar oud."

Lia keek hem heel nadenkend aan.

"Wat heb je nog meer van dit huis gezien in je dromen?"

"Bij de ingang van het erf was er zoiets als een poort. Het hek kon daar tenminste geopend worden. Links en rechts ervan stonden twee hoge kokospalmen."

Lia stond op en David keek verrast toe, hoe ze naar de grote kast aan de wand liep. Ze trok een la open en kwam terug met een oude blikken doos in de hand. Zowel op het deksel als op de zijkanten was een geprononceerd reliëf zichtbaar, maar door de lichte roestlaag kon hij niet zien wat de afbeeldingen voorstelden. Toen ze weer naast hem zat, klapte ze met een luid gepiep van het scharnier het deksel omhoog. David tuurde er nieuwsgierig in. Tot zijn teleurstelling zag hij alleen maar oude handgeschreven brieven, ansichtkaarten en foto's. Hij keek Lia vragend aan. Maar die was zo verdiept in het bladeren door de inhoud, dat ze het niet merkte. Brief na brief pakte ze eruit en stapelde ze op elkaar. Ze bekeek de ansichtkaarten, maar vooral de foto's nauwkeurig, voordat ze deze ook op de stapel legde. Uiteindelijk hield ze twee foto's in de hand, die ze hem liet zien. Het waren zwart-wit afdrukken in het gebruikelijke formaat van 6×9 cm met kartelrand. Op de eerste was een weg te zien, die naar een wit huis leidde. Linksboven was een groot balkon te herkennen. Aan de rechterkant van de foto stonden twee bomen met hun typische etagevormende takken die David onmiddellijk herkende als amandelbomen. Hij kreeg een tintelend gevoel in zijn maagstreek, dat nog sterker werd toen Lia de tweede foto voor hem op de tafel legde. Hij was blijkbaar vanaf het balkon gemaakt. De oprit leidde rechtstreeks naar de poort. Aan weerszijden stond een hoge kokospalm en daarachter glinsterde de zee. Eenzaam stak een eilandje boven het water uit. En ver, ver daarachter was in nevelige onscherpte de andere kant van de baai te zien.

"Dat is *Pulau Ismoyo*", legde Lia uit, terwijl ze met haar vinger het eiland aanwees.

David's adem stokte, zijn mond voelde plotseling erg droog aan. Hij pakte zijn glas en nam een grote slok gemberbier.

Toen hij weer kon spreken, vroeg hij: "Waar heb je deze foto's vandaan? Ze geven precies weer wat ik in mijn dromen gezien heb."

Lia kon hem niet direct antwoorden. Haar gezichtsuitdrukking was veranderd. Ze leek plotseling bedroefd en kwetsbaar. David brandde van nieuwsgierigheid. Hij wilde absoluut achter het geheim van de foto's komen, maar hij besefte dat hij Lia tijd moest gunnen. Hij keek zogenaamd verrast op zijn polshorloge en riep: “O, is het al zo laat! Ik ben mijn zwemtraining vergeten. Ik moet gaan.”

Ze keek hem alleen maar aan alsof ze wilde zeggen: laat me toch nu niet alleen.

Maar ze stond op, omhelsde hem teder en zei: “Tot ziens.”

Nadat David weggegaan was, liep Lia naar het raam en keek over de rivier, die verlaten in de verzengende hitte lag. Het was laagwater en langs de oever waadden vogels in de modder tussen de wortels van de mangrovebomen op zoek naar iets eetbaars. Daarbuiten bewoog helemaal niets. Terwijl de gedachten in haar hoofd rondcirkelden, verscheen de vage omtrek van een gezicht in het raam. Het was niet het gezicht van Henk, dat vroeger vaak verscheen en met haar sprak. Het was ook niet David’s gezicht, dat al een tijdje in plaats van Henk was gekomen. Het was het gezicht van een kind dat haar weemoedig aanstaarde en zonder een woord weer langzaam verdween. Lia sloot haar ogen en zuchtte diep. Was daar niet aan het einde, net voordat het verdween, een zweem van een glimlach te zien geweest? Ineens voelde ze zich zo klein, zo zwak en zo onzeker.

“Hij heette Freddy”, zei ze toen David een paar dagen nadat hij haar zo bedroefd had achtergelaten, weer in de woonkamer stond.

Toen hij door de balkondeur naar binnen ging, was hij benieuwd of ze haar verdriet te boven gekomen was. De afgelopen dagen, als hij niet werd afgeleid door andere bezigheden, had hij zich vaak afgevraagd waarom ze ineens zo verdrietig geweest was, nadat ze hem de beide foto’s had laten zien. En ook, wat het eigenlijk betekende, dat ze foto’s van – of beter gezegd: *uit* – zijn droom had. Maar hoe hij zijn hoofd ook pijnigde, hij vond er geen overtuigende verklaring voor. Noch voor haar verdriet, noch voor de foto’s.

Nadat hij aan tafel was gaan zitten, bracht ze hem zoals gewoonlijk een glas limonade. Terwijl ze het op de tafel zette en naast hem ging zitten herhaalde ze haar zin.

"Zijn naam was Freddy."

Toen ze zijn verbaasde blik zag, lachte ze even en legde uit: "De hond. De zwart-wit gevlekte hond uit je droom. Hij was niet op de foto's te zien. Maar we hadden een zwart-witte hond en zijn naam was Freddy."

Freddy, die in de hoek lag, had nu zijn naam zo vaak gehoord, dat hij kwispelde met zijn staart, opstond en met een vragende blik in zijn ogen voor Lia ging zitten.

"Ja, je bent braaf", zei ze en krauwde hem in zijn nek en achter de oren, "maar wij hadden het niet over jou, maar over je naamgenoot in Balekambang."

"Balekambang?"

David was nieuwsgierig naar wat dat betekende en tegelijkertijd opgelucht. Blijkbaar was haar verdriet verdwenen. Ze keek hem liefdevol aan zoals altijd. Maar was er niet een spoor van – ja waarvan eigenlijk? – te ontdekken in haar gezicht? Hij zette de gedachte van zich af en concentreerde zich op de onbekende naam, die hij nu voor het eerst in zijn leven hoorde.

"Wat is Balekambang?"

Hij keek haar aan en vervolgde: "Ik vind het angstaanjagend om deze foto's van een plek te zien, die ik alleen maar uit mijn dromen ken. Waar heb je ze vandaan? Ik heb het gevoel, dat je met een camera door mijn dromen loopt."

Hij probeerde ontspannen te blijven, hoewel het hem grote zorgen baarde dat hij zelf geen antwoord vond op al zijn vragen. En hij herhaalde: "Waar heb je deze foto's vandaan? Wie heeft ze gemaakt?"

"Ik heb deze foto's van mijn ouders, en zij hebben ze ook gemaakt. Het is werkelijk bijzonder, nietwaar? Heb je wel eens van wedergeboorte of reïncarnatie gehoord?"

"Tuurlijk", antwoordde David trots, zonder te laten merken hoe verrast hij door deze vraag was. "Ik heb onlangs iets gelezen over Tibet en de Dalai Lama. Als opvolger van hem wordt altijd een reïncarnatie van de overleden Dalai Lama gezocht."

"Dat klopt, maar voor iedereen die sterft, en niet alleen voor de Dalai Lama, is het mogelijk om als reïncarnatie naar de aarde terug te keren. Wanneer een mens sterft, houdt zijn spirituele bestaan niet op. Het leeft altijd voort en afhankelijk van verschillende omstandigheden kan het korter of langer duren, voordat deze bestaansvorm als mens wedergeboren wordt."

Ze keek hem liefdevol en tegelijkertijd een beetje weemoedig aan.

"Ik geloof dat jij de reïncarnatie van mijn broertje bent. Dat zou in ieder geval heel veel verklaren."

"Hoezo …? Wat bedoel je daarmee? Ben ik soms je broer?", vroeg hij geschrokken, en dacht daarbij aan al die heerlijke erotische momenten met haar.

Ze begreep onmiddellijk waarvoor hij angst had en zei: "Nee, natuurlijk ben je niet mijn broer! Jij bent David Bos en je bent geboren in Nickerie. Ik ben Lia-Sophie Varenbrink en ben geboren in Alkmaar. Toen ik twee jaar oud was, zijn mijn ouders met mij naar Balekambang in Indië getrokken en drie jaar later werd daar mijn broer Theo geboren."

Ze stond op, liep naar het raam en keek nadenkend over de rivier, voordat ze zich weer naar hem omdraaide.

"Het gebeurt heel vaak dat mensen elkaar in een nieuw leven weer ontmoeten, maar het hoeft niet in dezelfde relatie te zijn. Een getrouwd stel kan later als twee broers samen komen en broer en zuster als een liefdespaar. Je moet niet denken dat je met je eigen zuster slaapt. Ik ben nu niet jouw zuster, ook al ben ik dat misschien ooit geweest."

David was enigszins gerustgesteld.

“Is er een reden waarom men elkaar in een later leven weer ontmoet?”

“Dat weet ik niet precies”, antwoordde ze, “maar ik kan me wel voorstellen, dat er een spirituele kracht is die dit bewerkstelligt. Een kracht die ervoor zorgt, dat mensen die in een vorig leven sterk met elkaar verbonden waren, elkaar weer in een nieuw leven vinden.”

“Ik heette dus Theo toen ik in een vorig leven je broer was. Kun je me alsjeblieft over hem vertellen? Ik zou zo graag willen weten hoe hij zo was en waarom hij zo jong gestor…”

David stopte abrupt toen hij merkte dat Lia’s gezicht nat was van tranen. Hij liep naar haar toe, sloeg zijn arm om haar heen en zei: “Wat is er aan de hand? Waarom huil je?”

Lia duwde zachtjes zijn arm weg en zei alleen maar: “Ik… ik kan er nu niet over praten. Ik wil alleen zijn. Wees zo lief, alsjeblieft.”

Ze kuste hem op zijn voorhoofd en totaal onzeker sloop hij door de balkondeur naar buiten. Wat was er ineens met haar aan de hand?

Op het voorland draaide hij zich nog een keer om. Hij hoopte haar op het balkon te zien en dat ze hem terug zou wenken. Het balkon was leeg en de deur bleef gesloten.

In gedachten verzonken liep hij naar huis en ging over de smalle brug de tuin in. Daar ging hij op de bovenste trede van de kleine trap zitten, die naar het balkon en de voordeur leidde. De prachtige rozerode bloemen van de hibiscushaag die het terrein afbakende, vielen hem niet op. Net zo min als de om hen heen dansende kolibries met hun blauw en groen glanzende verenkleed, die met hun lange snavels de nectar uit de bloemen zogen.

Na een tijdje kwam Blackie aangelopen en ging naast hem zitten. David streelde hem over zijn kop en zei: “Weet je dat ik eigenlijk Theo ben? Ik ben weliswaar vele jaren geleden gestorven, maar teruggekomen. En nu heb ik mijn toenmalige zuster gevonden en ik hou van haar. Ze gaat me alles van vroeger vertellen. Alles, wat ik als Theo heb meegemaakt voordat ik stierf. Ik verlang er erg naar, om te horen hoe ik toen was, toen ik haar broertje was."

Blackie keek hem aan met zijn trouwe bruine hondenogen. David aaide hem opnieuw, stond op en ze gingen allebei het huis binnen.

In de woonkamer vulden Lia's ogen zich met tranen. Ze hoorde hoe David de balkondeur achter zich sloot. Ze hield van hem. Waarom moest liefde zo moeilijk zijn? Ze stond nog steeds midden in de kamer en bleef daar staan. Na een tijdje haalde ze een zakdoek tevoorschijn en droogde haar tranen. Met een smartelijke blik ging ze weer naar het raam, zuchtte diep en keek naar buiten. Een paar honderd meter verderop voer een roeiboot op de rivier, twee inheemsen roeiden en een blanke man stond in het midden van de boot. Hij keek in haar richting. In zijn armen droeg hij iets groots en hij riep iets. Lia sloot de ogen en de boot kwam steeds dichterbij. Ze kon nu duidelijk zien dat het haar vader was, die daar stond. Maar dat wist ze al toen de boot nog ver weg was. Opnieuw riep hij, maar zijn stem maakte geen geluid.

Lia wist echter wat hij riep en opnieuw stroomden de tranen over haar gezicht.

15. Theo

MEER DAN TWEE WEKEN WAREN VOORBIJ GEGAAN SINDS David Lia voor 't laatst bezocht had. Hij was meerdere malen naar het voorland gegaan, en hoewel hij al van verre kon zien dat de theedoek niet buiten hing, was hij toch elke keer het huis dichter genaderd om zich te overtuigen dat hij zich niet vergist had. Hij had nu weliswaar eindelijk tijd en gelegenheid om 's middags naar het zwembad of naar voetbal te gaan, maar hij was er met zijn gedachten niet bij, omdat hij zich constant afvroeg waarom Lia hem niet wilde zien.

Elke dag na het middageten klom hij in de grote sterappelboom. In de kruin waren een paar takken zo met elkaar vergroeid dat hij er gemakkelijk kon zitten. Daar, hoog in de boom, kon hij over de naburige huizen de rivier zien, terwijl een frisse wind de zorgen uit zijn ziel blies. Dat was al jaren zijn lievelingsplek als hij wilde nadenken. En nu had hij een en ander om over na te denken: Theo!

Hij begon zich voor te stellen hoe Theo eruit moest hebben gezien. Vast en zeker zoals hij, lang en mager. Waarschijnlijk droeg Theo ook een bril. Wat vond hij van zijn zus Lia? Konden ze goed met elkaar overweg? Hij, David, kon niet goed overweg met zijn jongere zus. Zijn grote zuster kende hij nauwelijks, die was al op tienjarige leeftijd naar Holland vertrokken, toen hij nog geen zeven was. Misschien was het makkelijker om met een oudere zus te leven. Hij kon zich voorstellen dat Lia erg trots op hem, Theo, was geweest, en dat hij blij was haar als zus te hebben. Ongetwijfeld had hij ook een vriend gehad met wie hij in de buurt rondzwierf, vliegers opliet of grote zwemkrabben ving. Die kwamen vast ook in Indië voor. Misschien was hij ook, net als David, bijna betrapt bij het stelen van suikerriet.

Hij zuchtte. Het beeld van Theo verdween langzaam uit zijn hoofd, en terwijl hij bijna onbewust een rijpe sterappel plukte, kwamen weer de andere vragen, die hem al dagenlang bezighielden naar boven: Waarom huilde ze toen hij bij haar wegging? Schaamde ze zich dan toch, dat ze met hem, die haar broer was, geslapen had? Ze had hem weliswaar resoluut uitgelegd, dat dit niet het geval was, maar misschien twijfelde ze daar nu toch aan? Of vond ze plotseling dat het leeftijdsverschil tussen hen te groot was? Hij had tenslotte nauwelijks de kindertijd achter zich gelaten. Wilde ze hem niet meer bij zich hebben, omdat ze niet meer van hem hield, of niet meer van hem houden kon?

Op al deze vragen wist hij geen antwoord en ze zoemden nog steeds in zijn hoofd toen hij weer een keertje in de richting van het voorland liep. Zijn hart sloeg sneller toen hij de zolang gemiste theedoek uitnodigend zag wapperen op het balkon. Hij wilde spontaan naar haar toe rennen, maar bedacht zich, keerde om en plukte een paar lekker uitziende sterappels. Toen hij Lia kort daarna in de woonkamer aantrof, legde hij de vruchten op tafel.

"Voor jou", was het enige waar hij op kwam terwijl hij haar omhelsde.

Ze drukte hem stevig tegen zich aan en ging daarna met hem aan de tafel zitten.

"Bedankt, dat zijn prachtige exemplaren! Hoe is het met je? Ik hoop dat je niet boos op me bent omdat ik je zolang heb laten wachten."

"O nee", antwoordde hij, "dat is oké."

Hij wilde eraan toevoegen: "We zijn tenslotte niet getrouwd", maar in plaats daarvan zei hij: "Dat komt bij broers en zussen wel eens voor."

Lia lachte en vroeg: "Hoe gaat het met jouw Sandra? Je hebt weken de tijd gehad om het haar te zeggen."

David vertrok zijn gezicht in een pijnlijke grijns: "Daar is niets veranderd. Ik zie haar vaak tijdens de pauzes met een jongen uit de parallelklas praten. Ik denk dat ze hem leuk vindt. Ik ga daar niet tussen komen."

"Wat nobel van je", plaagde Lia, "of is het meer je angst dat ze je ze afwijst? No risk no fun, mijn jongen!"

David wist dat ze gelijk had, maar hij vond het niet aardig dat ze hem dit zo in zijn gezicht wreef, en hij veranderde van onderwerp.

"Ik wil een beetje met je praten over het verleden. Over de tijd toen ik nog je broer Theo was. Kun je het nu of is het nog steeds moeilijk voor je?"

In de afgelopen weken, waarin ze elkaar niet meer hadden ontmoet, had Lia lang nagedacht over zichzelf en vooral over David. Met haar twijfels over het feit dat ze getrouwd was en met het grote leeftijdsverschil tussen haar en David kon ze vrij snel overweg. In feite bestond haar huwelijk met Peter al lang niet meer. Het zou hem niet veel uitmaken als ze uit elkaar gingen en zij terugkeerde naar Holland. En bij David vond ze de bevestiging dat het in orde was daarin, dat deze innige liefdesrelatie zowel haarzelf maar vooral ook David goed deed. Zij kon er niets verkeerds in zien. Ja, ze was zich ervan bewust dat deze relatie niet in overeenstemming met de moraal van de samenleving was. Dat was haar vanaf het begin zo klaar als een klontje geweest. Maar moest men zich altijd door de ideeën van de meerderheid laten leiden? Ze vond van niet. De dromen van David en de verbinding die er vroeger tussen haar en hem bestaan had. maakten haar ongerust, maar ze had alles onder controle. Zij was sterk en ze kon het David duidelijk maken, daarvan was ze overtuigd toen ze besloot de theedoek weer op te hangen. Daarom beantwoordde ze zijn vraag positief en ontspannen.

"Ja dat lukt me wel. Wat wil je weten?"

"Hoe zag Theo eruit? Heb ik iets met hem gemeen?"

Lia lachte even.

"O nee. Niet in het minst! Hij was niet zo lang en dun als jij. Eerder een beetje mollig, zoals ik. Zijn haar was behoorlijk donker en hij had geen flaporen."

Beiden moesten lachen.

"Kon je goed met hem overweg, of vond je hem vervelend?"

"Natuurlijk vond ik hem soms lastig. Vooral als hij mijn aandacht wilde en ik met iets anders bezig was. Maar eigenlijk was hij oké en meestal hield ik van hem."

"En je ouders? Hielden zij ook van hem?"

"O ja! Vooral mijn moeder was helemaal weg van hem. En hij adoreerde haar. Ze betekende veel voor hem. Ze stond hem bijna alles toe. Mijn vader was een beetje strenger voor hem, maar hield ook heel veel van hem."

"En jij? Hielden ze net zo van jou als van hem?"

"Ja. Mijn ouders hielden heel veel van ons allebei. Natuurlijk stond hij meer in het middelpunt omdat hij veel jonger was dan ik. Maar ik heb de me nooit door mijn ouders minder geliefd gevoeld."

"Het klinkt alsof jullie in harmonie zijn opgegroeid."

"Ja", antwoordde Lia, "zo kan je dat uitdrukken!"

"Weet je, een paar dagen geleden heb ik opnieuw van vroeger, van Indië, gedroomd. Het was weer zo merkwaardig. Ik begrijp niet wat het betekent, hoewel ik nu begrijp waarom ik erover blijf dromen. Deze keer kwamen zowel jij als ook Theo, eigenlijk ik dus, erin voor."

"Vertel me wat je hebt gedroomd. Misschien kan ik iets uitleggen. Ik ben in ieder geval benieuwd naar wat je hebt gezien."

David begon zijn droom te beschrijven.

"Wij ..., dus jij, je ouders – misschien moet ik gewoon papa en mama zeggen – en ik waren zoals zo vaak met z'n vieren op het strand, niet ver van dit eiland *Pulau Ismoyo*. Papa kwam iets eerder thuis. Dat deed hij vaker als het werk het toeliet. Dan ging hij met ons voor het middageten nog even zwemmen. En we kleedden ons uit en sprongen in het water. Papa had mij in de weken ervoor leren zwemmen, en ik zwom trots heen en weer tussen hem en mama. Ze riepen allebei verheugd uit, hoe goed ik het kon. Jij vond er niets bijzonders aan, omdat je al heel lang goed zwemmen en zelfs duiken kon. Duiken kon ik ook een beetje, maar onder water zwemmen zoals jij, dat kon ik niet omdat ik mijn neus met één hand moest dichthouden.

Daarna gingen we liggen in de schaduw van de bomen die aan de oever groeiden. Ik lag zoals elke keer naast mama, met mijn hoofd op haar buik. Jij riep zoals altijd: 'Moederskindje! Je bent een moederskindje!' en je lachte er samen met papa om. Maar het stoorde me niet, omdat ik wist dat je het alleen maar voor de grap zei. Mama hield me eventjes tegen zich aangedrukt zodat mijn neus in haar navel verdween. Daarna streek ze door mijn haar en zei: 'Jij bent het liefste moederskindje op de hele wereld.'

We bleven daar een tijdje liggen, en toen ze droog waren, hebben papa en mama zich weer aangekleed en zijn terug naar huis gelopen. Wij mochten nog een kwartiertje blijven, totdat het eten op tafel stond."

David keek vol verwachting naar Lia. Toen ze niet reageerde, ging hij verder.

"Daarna wordt alles nevelig, ik word bang, maar ik kan niets meer zien. Wat is daar gebeurd?"

Lia zuchtte diep, sloeg haar arm om David heen en begon te vertellen.

"Wat ik je nu ga zeggen, heeft me al mijn hele leven achtervolgd. In het begin heb ik vreselijke nachtmerries gehad, maar dankzij de vele gesprekken met mijn vader het is minder geworden en ik kon ermee leven.

Ik lag dus in de schaduw onder de bomen en jij stond op. Ik

heb het niet gemerkt omdat ik een boek aan het lezen was dat erg spannend was. Papa en mama hadden je ten strengste verboden om alleen het water in te gaan. Maar je was zo trots dat je eindelijk kon zwemmen, dat je er toch in gegaan bent. Toen ik opkeek van het boek, zag ik je op een plek ver van mij in het water gaan, waar het niet zo ondiep was, als waar we anders zwommen. Ik sprong op en schreeuwde dat je er niet in mocht gaan. Maar je hebt het als grap opgevat, als een uitdaging om verder te gaan en je bent in het water gesprongen. Ik was woedend omdat je zo ongehoorzaam was en dacht: 'Hij zal zijn les wel leren.'

Toen hoorde ik je om hulp schreeuwen en ik ben naar je toe gerend, maar kwam te laat. De onderstroom had je al ver van de oever getrokken. In tegenstelling tot het vlakke stuk waar we altijd gingen zwemmen, was het water op dit punt diep en er waren grote overslaande golven. Ik kon alleen maar af en toe je hoofd zien. Ik durfde niet naar je toe te zwemmen. Ik kon niet zo goed zwemmen als jij dacht. Ik trok snel mijn jurk aan en ben naar huis gevlogen. Papa en mama en iedereen die voor ons werkte rende met mij mee terug naar het strand. De tuinman en zijn volwassen zoon hebben met hulp van de andere mannen hun boot, die in de buurt lag, in het water getrokken en papa is met hen naar de plek geroeid waar jij verdween. We wachtten vol spanning op het strand en waren erg bang. Mama huilde en kokkie, die uit de keuken was meegerend, probeerde haar te troosten. Ik was versteend, want het was mijn schuld. Onze ergste vrees werd al snel een trieste waarheid. Na een korte zoektocht trokken de mannen in de boot je uit het water. Toen ze terug roeiden, stond papa in de boot en hield je in zijn armen, maar je leefde niet meer. Op die dag heb ik mijn kleine broer verloren.

Ik heb dit beeld zo vaak gezien: dat mijn vader in een boot staat, die naar mij toe roeit en hij houdt jou in zijn armen. De confrontatie ermee was vroeger, jaren geleden, veel vaker en veel heftiger. En sinds ik je ken en jou liefde voel, is het helemaal naar de achtergrond verdwenen. Maar jouw dromen hebben het weer in mij wakker gemaakt. Ik heb nooit en te nimmer verwacht, dat mij met jou zoiets zou overkomen. Dit heeft me ten diepste geschokt."

Lia zuchtte diep en ging verder.

"Ik heb me lange tijd erg schuldig gevoeld over wat er is gebeurd. Maar nu weet ik, dat ik er volgens de karma-leer niets aan kan doen. Papa en mama hebben het mij nooit verweten. Integendeel, ze probeerden dit schuldgevoel bij mij weg te nemen door samen te rouwen en elkaar troost en kracht te geven."

Tranen rolden over haar wangen.

"Wat zeg je, wat bedoel je?"

David was behoorlijk overstuur en maakte zich uit de omarming los.

"Door jou ben ik toen gestorven!?"

"Ja, en het spijt me vreselijk! Elke keer als ik eraan denk, voel ik de pijn. Ook die van papa en mama. Buiten de andere mensen op het strand zijn zij de enigen die de waarheid kennen. Ik heb er nooit met iemand over gesproken. Ook Peter weet alleen maar, dat Theo als kind gestorven is, maar hij weet niet wat er is gebeurd. Jij bent de eerste, aan wie ik het vertel. Ik voel me schuldig, dat ik niet meteen heb gereageerd, want dat had misschien je leven gered. Maar zoals zoveel in mijn leven, kan ik het niet meer veranderen. Ik kan het niet ongedaan maken. Kun je het mij vergeven?"

Lia keek hem verward aan. Ze voelde de diepe smart die zo lang in haar ziel verborgen was en nu met de kracht van een vulkaanuitbarsting eruit trad.

David kon alleen maar stotteren.

"V...ver...vergeven? Ik weet het niet. Alles is opeens zo anders! Ik voelde me zo sterk tot je aangetrokken. Ik geloof zelfs dat ik erg van je hield. Je bent al een jaar lang de belangrijkste persoon in mijn leven. Maar nu weet ik het niet meer."

Ook bij hem stroomden de tranen over zijn gezicht.

"Ik begrijp het", fluisterde Lia, "je hebt tijd nodig om het te verwerken. Neem zoveel tijd als je nodig acht. Maar ik sta altijd voor je klaar als je mij nodig hebt."

Ze wilde hem omhelzen en hem als afscheid op zijn voorhoofd kussen.

Hij duwde haar echter weg en schreeuwde in een onverwachte, irrationele woedeaanval: "Waarom heb je niet op mij gelet? Dat hadden mama en papa je toch zeker op het hart gedrukt. Dat je op mij moest passen! Ik was nog klein en kende de gevaren niet. Maar jij …! Jij moest weer eens een boek lezen! Daarbij heb je me aan mezelf overgelaten. En sinds een jaar verleid je mij. En waarom? Aleen maar zodat je je beter voelt. En hoe *ik* me erbij voel, interesseert je helemaal niet."

David stond op en terwijl hij naar de balkondeur liep riep hij: "Je bent nog net zo egoïstisch als vroeger, toen het boek belangrijker voor je was dan ik! Het is nu de tweede keer dat je jezelf belangrijker vindt, dan wat je voorgeeft lief te hebben. Ik heb je helemaal verkeerd ingeschat. Jij bent onverantwoordelijk, ik haat je!"

Hij duwde de deur open, schoot zijn slippers aan en verdween door de tuin zonder de deur achter zich dicht te doen.

In de woonkamer hief Freddy zijn kop op en keek Lia in stille verwondering aan. Geschokt door David's onverwachte woede-uitbarsting bleef Lia versteend zitten. Davids laatste woorden *Jij bent onverantwoordelijk, ik haat je* klonken in haar oren na. Ze steunde haar hoofd met de handen voor de ogen en huilde luid. Freddy stond op en ging aan haar voeten liggen, alsof hij wilde laten zien dat hij haar ondersteunde in deze moeilijke, verdrietige momenten. Na een tijdje stond Lia op, ging naar de badkamer en nam een korte douche, waarbij ze haar verhitte gezicht vele malen met koud water afspoelde. Ze droogde zich snel af en liep met een nog vochtige huid de woonkamer in. Freddy was in slaap gevallen. Ze liep door de openstaande deur het balkon op en keek uit over de rivier. In de verte voer een roeiboot. Er stond iemand in het midden van de boot en twee anderen waren aan het roeien. Lia sloot haar ogen en vocht tegen de tranen.

16. Sandra

NA DIT INCIDENT GINGEN ER WEKEN VOORBIJ ZONDER DAT David Lia bezocht. Hij had zich in de genegenheid van Sandra voor de leerling van de parallelklas vergist. Omdat ze schoolvakantie hadden had hij haar al een hele tijd niet meer ontmoet en zich tevreden gesteld met lezen, voetballen en vooral zwemmen. Jammer dat ze geen lid van de zwemclub was. Bijna elke dag was hij met zijn vrienden in het zwembad geweest en had hij Lia en Indië vergeten. Zo lukte het hem de dag door te komen. Maar elke avond als hij in bed lag, voelde hij de tweestrijd in zich. De beide stemmen waren weer aanwezig.

De verleidelijke zei: "Ga toch naar haar toe, het was altijd fijn om daar te zijn. Jij houdt van haar! Wat er op het strand in Indië gebeurde, is zo lang geleden. Bovendien betreft het niet jouw leven van vandaag. Waarom ben je zo hard voor haar? Ze was toen nog een kind. En je weet dat ze er onder geleden heeft en haar gedrag diep betreurt. En ook in haar latere leven bleef haar niets bespaard."

De andere stem antwoordde meedogenloos: "Je hebt niets te zoeken bij deze vrouw. Zij is de oorzaak dat je gestorven bent. En dat op de prille leeftijd van zes jaar. De pijn die ze gevoeld heeft is haar karma, en niet het jouwe! Nee, concentreer je op Sandra. Die past veel beter bij jou, dan een oude dikke vrouw, die jouw moeder zou kunnen zijn!"

David volgde de tweede stem.

Kort nadat de school weer begonnen was, zuchtte Sandra tijdens de schoolpauze: "*Mang*, deze wiskunde is *gevaarlijk* moeilijk *baya*! Ik snap er helemaal niets van. Ik begrijp er niets meer van."

David, die vlakbij haar stond, greep zijn kans en zei: "Zo moeilijk is dat toch echt niet. Als je wilt, kan ik je het nog een keer uitleggen."

"Echt? *Mang*, dat is geweldig!", riep ze stralend uit, "Je bent een schat."

David begon, maar de pauze was veel te kort om alles te bespreken. Toen de bel de leerlingen terug naar hun klaslokalen riep, stelde hij voor: "We kunnen na schooltijd verder gaan."

En dus bleven ze na de les op het schoolplein en gingen op de grote stenen trap zitten. Hij legde uit en gaf voorbeelden, en na een goed half uurtje begreep ze het. Toen ze bij hun fietsen stonden, straalden haar ogen en ze streelde dankbaar zijn hand en onderarm. Hij voelde zich licht in zijn hart en met Sandra aan zijn zijde fietste hij naar huis met een gelukzalige blik in de ogen. Hij floot zachtjes een prachtige melodie die plotseling in hem opkwam en Sandra prees: "O, dat is een mooie melodie! Waar heb je die vandaan?"

David realiseerde zich geschokt dat het de Bolero was, die hij voor het eerst bij Lia had gehoord, terwijl ze hartstochtelijk de liefde bedreven. Hij stopte abrupt daarmee en mompelde: "Ach, dat weet ik niet precies. Ik denk van een grammofoonplaat van mijn ouders."

In plaats daarvan floot hij het nieuwste deuntje uit de hitparade: Ray Charles' *I Can't Stop Loving You.*

Sandra, die de *Top-Ten* uit haar hoofd kende, zong de woorden mee, en hij voelde zich in de wolken. In ieder geval was de titel heel toepasselijk voor zijn nieuwe situatie.

Bij thuiskomst, veranderde zijn opgetogenheid op slag. Zijn ouders en zijn zus waren al bijna klaar met eten, en zijn moeder schold hem uit omdat hij zo laat kwam. Hij knikte schuldbewust en beloofde dat het nooit meer zou gebeuren.

Op een ochtend een paar weken later werd David vroeg wakker, het was nog donker. Hij stond op en las tot hij zin had om te ontbijten en fietste naar school, waar hij veel vroeger aankwam dan normaal.

"Ey, David! *Mang*, goedemorgen. Waarom ben je vandaag zo vroeg?"

Het was Sandra die hem vanaf het lege schoolplein toeriep. Zijn hart maakte een sprongetje van vreugde. Met de fiets aan de hand liep hij naar haar toe.

"Ik werd vandaag eerder wakker en wilde niet meer thuis blijven. Maar waarom ben jij er zo vroeg?"

"Mijn fiets is kapot en ik kon met mijn vader in de auto meerijden, maar hij moet altijd vroeg weg."

"En haalt hij je weer op als de school uit is?"

"Nee helaas niet. Ik denk dat ik vandaag naar huis moet lopen. Tenzij …"

Ze keek hem vragend aan en wachtte.

David antwoordde onmiddellijk: "Ja, natuurlijk. Ik kan je achter op de bagagedrager meenemen en naar huis brengen. Dat is geen probleem."

Ze keek hem stralend aan.

"Echt?! O, bedankt *mang*! Dat is *gevaarlijk* lief van je. Maar zeg op, je brengt me toch helemaal naar huis of alleen naar jullie?"

"Naar jouw huis natuurlijk, wat denk je wel!?", stelde hij haar gerust.

Ze woonde een heel eind buiten Nieuw-Nickerie. Voorbij zijn huis, voorbij Lia, in de richting van de zeedijk.

David wist dat zijn moeder weer op hem zou schelden als hij te laat thuis kwam en de familie al aan het middageten zat. Maar dat was slechts een kleine prijs die hij graag betaalde.

Toen de school uit was, liep Sandra met hem naar zijn fiets.

"Hier, wil je een kauwgom?"

"Graag!"

Hij stopte het in zijn mond en begon er met smaak op te kauwen. Sandra ging op de bagagedrager zitten en sloeg haar armen om hem heen, om zich vast te houden.

O, wat genoot hij ervan! Hij moest harder trappen dan normaal, maar in gesprek met haar vloog de tijd voorbij. Binnen de kortste keren kwamen ze langs zijn huis. Goed tweehonderd meter verder passeerden ze het huis van Lia. Hij keek niet eens in die richting, want hij moest nu uit alle macht trappen. De rit met z'n tweetjes werd steeds inspannender en kort voordat ze het plaatsje uit reden had hij het gevoel dat het steil bergopwaarts ging, hoewel Nickerie in een laagvlakte ligt. Zijn fiets piepte en kreunde met iedere rondgang der pedalen en plotseling schoten twee luid blaffende straathonden uit de struiken. Hij trapte dapper door, in de hoop dat ze hem of Sandra niet in de kuiten zouden bijten. Op een gegeven moment verdwenen de honden weer even snel als ze verschenen waren en hij slaakte een zucht van verlichting. Gelukkig maar. Hij moest pauzeren, want hij kon niet verder trappen. Zijn benen voelden zich aan alsof ze van deeg waren en hij stapte af.

"Hebben de honden je ook zo laten schrikken met hun geblaf?", wilde hij weten.

"Ey, maak je grapjes?", vroeg Sandra verbaasd en lachte. "Welke honden bedoel je? Ik heb geen honden gezien of gehoord. Rij toch door! Wat is er met je aan de hand?"

"Ik ben totaal uitgeput *mang*. Mijn benen trillen en ik kan niet meer verder trappen. Maar blijf gerust zitten, ik duw de fiets wel."

"Nee, geen sprake van!", riep ze terwijl ze eraf sprong. "Het is niet meer zo ver en ik kan dat stukje ook te voet gaan."

En met een "See you later, alligator!", omarmde ze hem eventjes en liet hem verbluft staan.

Hij staarde haar na, en toen ze zich nog een keer omdraaide en zwaaide, zwaaide hij terug. Toen draaide hij zijn fiets om, stapte op en reed terug. Hij kon weer normaal trappen en geen enkele hond blafte naar hem.

In de tijd daarna ontmoette hij Sandra vaker en hun wederzijdse genegenheid groeide. En toen ze hem op een dag omarmde en hem op de wang kuste, was hij dolblij, maar voelde zich innerlijk erg onzeker en verscheurd.

17. De verzoening

HET WAS INTUSSEN KERSTMIS GEWEEST EN OP OUDEJAARSdag werd er overal met *bombels* – rotjes – geknald. In de loop van de avond verdreven de Chinezen, de een na de ander, de boze geesten, met hun *pagaras*, een in elkaar gevlochten streng van *bombels*, die wel zo'n vijftien minuten lang de omgeving met luide knallen verzorgde. Nog een paar dagen kerstvakantie en dan zou de school weer beginnen. Hij verlangde daarnaar, want dan zou hij Sandra weer ontmoeten.

Het was op een zaterdag, nog vroeg in de ochtend, toen hij uit zijn raam keek en Lia voorbij zag fietsen. Ze was klaarblijkelijk op weg naar het zwembad, want op haar bagagedrager ontdekte hij een dikke opgerolde badhanddoek.

Zijn hart klopte plotseling sneller en hij werd onrustig. Hij probeerde aan iets anders te denken. Aan Sandra, die hij erg miste omdat hij haar sinds het begin van de vakantie niet meer had gezien, aan de leren voetbal, die hij in de kerstloterij gewonnen had waardoor hij nu altijd mocht meespelen, hoewel hij helemaal niet goed kon voetballen en aan de school, waar hij nu weer plezier in had, omdat hij altijd goede cijfers haalde.

Tevergeefs! Zijn gedachten gingen steeds weer terug naar Lia. Hij begreep niet waarom. Hoe kon de aanblik van een fietsende Lia zo'n uitwerking op hem hebben? Hoe hij het ook probeerde, David kreeg het niet voor elkaar haar uit zijn hoofd te zetten. Hij sprong spontaan op zijn fiets en begaf zich op weg naar het zwembad. Toen hij langs de evangelische kerk reed, hoorde hij de klok slaan. Hij telde mee en kwam op negen. Twee minuten later bij de markt was de straat zo vol met overstekend winkelend publiek, ezelkarren en geparkeerde auto's, dat hij slechts langzaam vooruit kwam. Kort daarna, bij de katholieke kerk, zag hij tot zijn verbazing dat het hier pas vijf voor negen was.

"Men moest het schoolbegin naar de Roomsen en het einde ervan naar de Evangelen richten", dacht hij grinnekend bij zichzelf.

Toen schoot hem een nog een Nickeriaanse eigenaardigheid te binnen. Reed men Nickerie vanuit het oosten binnen, stond er een bord met 50. Maar als je vanaf de westkant kwam, werd de voertuigsnelheid beperkt tot 30. Omdat je alleen maar over deze beide wegen naar Nickerie kon komen, mocht je dus vijftig of dertig rijden, afhankelijk van de richting waar je vandaan kwam.

"Maar nee", zei zijn vader ooit lachend tegen hem.

"Het oostbord is nieuw en geeft kilometers per uur aan. Maar het westbord is veel ouder en dateert uit de tijd van het Engelse systeem en geeft miles per hour aan. En dertig mijl per uur is ongeveer vijftig kilometer per uur."

Toen hij bij het zwembad aankwam, ontdekte hij Lia's fiets en parkeerde de zijne ernaast. Hij liep naar de amandelbomen aan de rand van het volleybalveld, waar ze voor het eerst met elkaar gepraat hadden. Lia was nergens te bekennen, en hij ging op een bank zitten. Het was nog vroeg, buiten hem en Lia waren er geen andere mensen.

Daar kwam ze in haar ouderwetse badpak de kleedruimte uit. Ze liep naar het terras en legde haar badhanddoek over een stoel. Onderweg naar het bassin zag ze hem plotseling. In plaats van in het water te springen ze kwam naar hem toe.

"Hallo David! Wat een verrassing je hier aan te treffen."

Haar gezicht straalde oprechte vreugde uit en toen ze naast hem ging zitten, vroeg David zich af waarom hij zo onmogelijk tegen haar was geweest. Hij voelde plotseling hoezeer hij haar had gemist. De gesprekken met haar waren van een ander niveau dan het oppervlakkige gebabbel van Sandra, met wie hij alleen maar kon praten over de hit-parade of over de nieuwste film. Maar over belangrijkere zaken zoals de Cubaanse rakettencrisis, die de wereld ternauwernood had overleefd, of de bouw van de muur in Berlijn of de onafhankelijkheidsgolf in Afrika, daarvan had ze geen idee. Hijzelf was geïnteresseerd in politiek en las niet alleen de Surinaamse dagbladen die tweemaal per week met de PERICA uit Paramaribo arriveerden, maar ook regelmatig in het Nederlandse tijdschrift van zijn vader. Bovendien luisterde hij elke avond om half acht met zijn ouders naar het nieuws uit Holland, speciaal gericht op Suriname en de Antillen.

Maar het waren vooral de gesprekken met Lia, die hem ver boven zichzelf hadden laten groeien. En deze heerlijke, hartstochtelijke seks, die hij met haar beleefde. Nu besefte hij, hoe pijnlijk hij dit alles had gemist tijdens de lange weken en maanden zonder haar.

Hij was blij, dat ze niet boos op hem was en zei zachtjes: "Het spijt me heel erg. Ik heb je zeer gemist."

Lia pakte zijn hand en zei: "Vergeet het maar. Dat is oké. Ik heb jou ook erg gemist. Kom je vanmiddag?"

En toen David knikte, stond ze op en nam afscheid met: "Tot dan", en liep naar het bassin.

David ging langzaam terug naar zijn fiets. Ja, zijn besluit stond vast. Niet Sandra, maar Lia was zijn keuze. Niet het kinderachtige gebabbel over de hitparade en de avonturen van Enid Blyton, die ze zo treffend beschrijven kon en waar Sandra enthousiast over was. Hij wist dat ze beledigd zou reageren, als hij haar binnenkort links zou laten liggen, maar dat kon hem niets schelen. Sandra betekende niets meer voor hem. Helemaal niets! Hij stapte op en fietste naar huis terwijl er vlinders in zijn buik dansden. Pas toen hij bij de markt aankwam, was hij weer gekalmeerd. Spontaan parkeerde hij zijn fiets, liep de markt op en keek naar de drukte. *Sirih* kauwende oude vrouwen die het door de betelnoot bloedrood gekleurde speeksel uitspuugden. Javaanse mannen die hun *kreteks*, handgerolde sigaretten met een beetje kruidnagelpoeder er doorheen, rookten. David inhaleerde vergenoegd de geur ervan en keek bewonderend toe, hoe een oude Creoolse vrouw een grote mand vol goederen op haar hoofd zette en zich daarmee vrij balancerend op weg naar huis begaf, zonder hem vast te hoeven houden.

Zonder het te beseffen liep hij over het terrein in de richting van de rivier. Hij passeerde de plaats waar vissers hun vangst schoonmaakten voordat ze deze te koop aanboden. Deze hoek had hij altijd gemeden als hij op de markt was: het rook daar heel sterk. De vissers gooiden hun afval meestal gewoon op de grond en daar bleef het liggen totdat zwerfhonden erom vochten en het meeste ervan opaten. Toen de stank zijn neusgaten binnenkroop, verbaasde hij zich, dat hij zich hier bevond, maar hij liep snel verder, en bij de oever van de rivier aangekomen, snoof hij met een zucht van verlichting de frisse lucht op, die over het water aangewaaid kwam. De kleine rimpelingen op het oppervlak weerspiegelden het zonlicht, dat van alle kanten leek te komen en onwillekeurig kneep hij zijn ogen half dicht.

Een verre roeiboot maakte zich los van de oever en zette koers naar het midden van de stroom. Twee inheemsen roeiden en tussen hen in stond een *bakra.* Hij droeg iets groots in zijn armen, maar David kon niet ontdekken wat het was, daarvoor was de boot te ver weg. Toen ze het midden van de rivier bereikten, draaide de boot langzaam en voer van hem weg. David keek aandachtig toe hoe de mist de roeiboot omhulde en de contouren deed vervagen en tenslotte helemaal aan het oog onttrok. Hij sloot zijn ogen en probeerde te begrijpen wat hij daar gezien had. Mist kwam in tropisch Suriname uiterst zelden voor, en zeker niet midden op de dag. Hij besefte dat het geen echte boot geweest kon zijn. Maar wat was het dan? En wat betekende het?

Hij schrok op, toen een stem luid zijn naam riep. Hij kende deze stem. Het was zijn moeder die voor het weekend inkopen deed. David ging naar haar toe en nam haar de beide tassen af, die bij elke volgende inkoop zwaarder werden. Maar hij voelde het nauwelijks. De boot was uit zijn gedachten verdwenen en in zijn verbeelding lag hij al in Lia's armen, zijn hoofd rustte op haar borsten.

18. Satoshi

Sinds ze elkaar 's ochtends vroeg bij het zwembad hadden ontmoet, bezocht David Lia weer regelmatig, en het was bijna als voorheen. De discussies over de onderwerpen die hem zo interesseerden, bleven fascinerend. Haar ananaslimonade smaakte nog beter dan voorheen en de passie waarmee ze de liefde bedreven was ongebroken. Het verwonderde hem, dat als hij thuis alleen in bed lag, de beide stemmen in hem vochten. Waarom bleef hij steeds aan Sandra denken, hoewel hij hij niet langer in haar geïnteresseerd was? Waarom voelde hij dit ongemak, als hij zich weer tot Lia aangetrokken voelde? Alsof hij eigenlijk niet wilde, maar toch steeds dwangmatig naar haar toe ging. Hij voelde zich verscheurd van binnen. Wat wilde hij dan eigenlijk? Wat was juist? Wat verkeerd? Hij wilde er met Lia over praten, maar hij wist niet hoe hij het moest zeggen. Daarom bracht hij bij de volgende keer dat hij op bezoek kwam, een heel ander onderwerp ter sprake. Iets wat hij haar al heel lang wilde vragen.

"Lia, hoe komt het dat je zoveel weet over de Indiase cultuur, over boeddhisme, over meditatie en over yoga? Waren jouw ouders er ook in geïnteresseerd? Hebben ze het met jou daarover gehad toen jij nog een kind was?

"Dat klopt niet helemaal", antwoordde ze lachend, "zoals je je misschien nog herinnert, was mijn vader eigenlijk psycholoog. Mijn moeder was kleuterleidster."

"Ja, dat weet ik", zei David

"Mijn vader was altijd al een beetje geïnteresseerd in oosterse filosofie, zoals dat toen heette. Maar het zelf beoefenen? Nee, dat deed hij niet."

Ze keek hem aan.

"Het heeft te maken met de Tweede Wereldoorlog. En met de

Japanse bezetting van Indië."

"Wat zeg je me nou?", riep David verbaasd uit. "Dat moet je me toch even uitleggen!"

"Prima", antwoordde Lia, "als het je interesseert."

En nadat ze hun glazen weer had gevuld met ananaslimonade, begon ze te vertellen.

"Na de aanval op Pearl Harbor brak in de hele Stille Oceaan de oorlog uit. In maart 1942 bezetten de Japanners ook Indië. Kort daarop werd mijn vader geïnterneerd. Omdat Japan een pact had gesloten met Hitler-Duitsland, mochten mijn moeder, die Duitse is, en ik hem een paar keer in het interneringskamp bezoeken, en ook in ons huis blijven wonen. Maar in september 1942 werd hij als dwangarbeider ingezet bij de aanleg van de Birmaspoorlijn. Tot aan het einde van de oorlog hebben we niets meer van hem gehoord."

"Wat! Hij heeft aan de beruchte spoorlijn gewerkt? Was hij ook bij de brug over de Kwai tewerkgesteld?", onderbrak David haar.

"Ik denk het niet, hij heeft er tenminste nooit over gesproken. Maar mijn vader heeft in 't algemeen heel weinig over deze verschrikkelijke tijd verteld. Hoe dan ook. Een paar weken nadat mijn vader weg was, werd een officier van het Japanse leger bij ons in Balekambang ingekwartierd. Moeder en ik waren erg bang omdat de meest verschrikkelijke geruchten over marteling, moord en verkrachting de ronde deden. De Japanse soldaten waren niet zachtzinnig met de bevolking, noch met de Europeanen, noch met de inheemsen. Ik was toen veertien, en mijn moeder en ik mochten in onze woning blijven wonen. We moesten alleen maar een kamer voor de officier ter beschikking stellen. Hij kreeg Theo's kamer."

Ze keek hem aan, pakte zijn hand, glimlachte en zei: "Jouw

kamer."

David glimlachte terug. Het deed hem geen pijn om eraan herinnerd te worden dat hij eens Theo was. Lia vertelde verder.

Meneer Oshawa's gedrag – dat was de naam van de officier: Satoshi Oshawa – strookte niet met de geruchten die ons ter ore waren gekomen. Hij was zeer ontwikkeld. Zijn vader was diplomaat en hij had in het begin van de twintigste eeuw als kind in Duitsland en Amerika gewoond. Hij sprak een beetje Duits, zijn Engels was perfect. Ik mocht hem omdat hij heel zachtaardig was in de omgang. Er was niets oorlogszuchtigs aan hem. Hij was principieel tegen geweld en tegen oorlog, vertelde hij ons, nadat hij ons beter had leren kennen. Soms heb je geen keuze en kun je de situatie niet veranderen. Maar men kan altijd zijn principes en zijn overtuigingen behouden. Zelfs als men als lid van een buitenlands en grotendeels gewelddadig leger een ander land bezet, kan men mens en menselijk blijven. Om dat te doen, moet je jezelf trouw zijn en kunnen loslaten.

Dat we met een Japanner die eigenlijk onze vijand was, zo open en eenvoudig over deze dingen konden praten, maakte destijds een diepe indruk op mij, ofschoon ik niet alles begreep wat hij zei. Dat was het begin van mijn interesse in een wereld van ideeën die ik weliswaar niet helemaal begreep, maar intuïtief was mij de betekenis van dit standpunt duidelijk. Ik besloot om meer hierover te weten te komen.

Hij vertelde over de tijd dat hij was toegelaten tot een zenklooster en daar geleerd had de relativiteit van alles wat bestond in te zien, ook van zijn eigen leven. En toen zei hij iets, dat een nog grotere indruk op mij maakte, als waarover hij daarvoor gesproken had:

"Wij zullen deze oorlog nooit kunnen winnen, daar ben ik van overtuigd. Maar het het zal nog lang duren, voordat de machthebbers in Tokio dit eindelijk begrijpen. En zolang zal ik officier in hun leger zijn en bidden dat er niet nog ergere dingen gebeuren."

Mijn moeder nodigde hem vaak uit om bij ons te komen eten. En na verloop van tijd was hij een normale gast in ons huis. Wij waren blij dat hij bij ons woonde, want we hadden niets van hem te vrezen, en als officier beschermde hij ons tegen vijandelijkheden van andere soldaten. Hij waarschuwde ons voor zijn chauffeur: "Dat is een fanaticus. Krijg het niet met hem aan de stok!"

Lia keek naar David.

"Ik heb veel gesprekken met hem gevoerd, niet alleen over zen en boeddhisme. Hij was een heel bijzonder persoon, van wie ik veel heb geleerd."

Ze zweeg even en nam een slok limonade.

"Hij heeft mij op het spoor van de 'oosterse filosofie' gezet en het viel bij mij in goede aarde, want door alles wat mijn ouders mij al meegaven stond ik open voor deze gedachten. Maar ook al mediteer ik, ik ben geen boeddhist."

"Hebben jullie later, na de oorlog, nog iets van hem gehoord?"

"Ja zeker", bevestigde Lia, "mijn moeder en hij hebben jarenlang regelmatig met elkaar gecorrespondeerd."

"O ja?", vroeg David verwonderd, "En wat vond je vader daarvan? Of wist hij van niks?"

Lia moest hartelijk lachen.

"Natuurlijk wist hij daarvan. Satoshi was zelf ook getrouwd, zelfs toen hij bij ons in Indië was. Mijn moeder en hij waren het er allebei over eens dat zowel mijn vader als ook zijn vrouw alle brieven die ze elkaar schreven, mochten lezen."

"O ...", was het enige wat David zei.

Lia lachte weer.

"Je begrijpt het niet! Je denkt dat dit geen spannende brieven geweest kunnen zijn, als iedereen ze mocht lezen, niet waar? Ik heb een klein stukje van de gebeurtenissen in Balekambang weggelaten. Ik vertel het je nu alsnog:

Na een tijdje vredig bij ons te hebben gewoond, kwam Satoshi vaak met ons mee als we naar het strand gingen om te zwemmen. Toen zag ik voor het eerst het naakte lichaam van een man, die niet mijn vader was. Ik was onder de indruk van zijn atletische bouw en de prachtige geelbruine kleur van zijn huid. Pas veel later ontdekte ik waarom hij ons graag vergezelde. Op een nacht werd ik met een droge keel wakker en stond op om in de keuken een slokje water te drinken. De maan scheen door de ramen en het was licht genoeg, zodat ik geen lamp hoefde aan te doen. Opeens hoorde ik een geluid en ik zag Satoshi uit de kamer van mijn moeder komen. Hij was ongekleed en liep zachtjes naar zijn kamer zonder mij te zien. Ik was intussen vijftien, en ik begreep onmiddellijk dat er een liefdesrelatie tussen die twee ontstaan was. Ik was eerst woedend op hen beiden, maar vooral op mijn moeder. Maar toen ik er later met haar over sprak …"

"Wat? Je hebt met je moeder over haar liefdesrelatie gesproken?"

Lia keek hem verbaasd aan.

"Ja natuurlijk! We praatten over alles wat ons bezighield. Bij ons waren er geen taboe-onderwerpen. Kan jij dan niet met je ouders praten over wat je emotioneel bezig houdt?"

"Eh, misschien. Soms ja. Maar over intieme dingen, zoals liefde of seks, daarover wordt bij ons gezwegen. Ik dacht altijd dat het normaal was, dat men erover zwijgt."

"Helaas zien veel ouders het zo. Ze denken alles met hun kinderen te bespreken, maar laten de belangrijkste onderwerpen liggen en daar moeten de kinderen dan zelf achter zien te komen. Wat helaas niet altijd lukt. Ik heb erover nagedacht waarom er over deze – en andere – taboe-onderwerpen zo angstvallig gezwegen wordt. Ik weet het niet zeker, maar ik vermoed dat het komt omdat het pijn doet, of tenminste pijn kan doen, als je erover praat. Omdat men bang is de ander te kwetsen of zelf gekwetst te worden als je jezelf te veel opent. Maar voor mij betekent het, dat je de ander niet vertrouwt."

Ze keek hem nadenkend aan.

"Ik heb nog een vraag. Omdat we over seksualiteit en lichaam praten. Heb jij je ouders ooit naakt gezien? Ik bedoel natuurlijk op een leeftijd dat je je dat kunt herinneren. Bijvoorbeeld als jullie naar het Corantijnstrand gingen.

"O nee!"

David was zeer beslist.

"Op het strand was er altijd gedoe totdat we omgekleed waren. Nee, dat vond niet plaats in het bijzijn van de familie, ook al was het strand verder volledig verlaten."

"En thuis? Was er daar ook zo een geheimhouding?"

"Ja, dat maakte geen verschil, behalve dat we ons in de badkamer uitkleedden en het zonder gedoe ging. Maar ik kan me herinneren dat mijn vader mij ooit heeft opgetild zodat ik over de badkamerwand mijn moeder onder de douche kon zien. Ze gaf een gil toen ze mij zag en spetterde water in mijn richting. Mijn vader moest er hartelijk om lachen. Ik was gefascineerd door haar natte, witte haren, die eigenlijk donker waren. Ik wist niet wat shampoo was. Zo had ik haar nog nooit gezien! Ik merkte niet eens dat ze naakt was. Maar dit is de enige keer dat ik mijn moeder zonder kleren gezien heb. Ik was drie of vier."

"Aha", zei Lia, "zo gaat het bij veel mensen."

"Maar toen ik klein was, liepen mijn zusje en ik als het regende vaak naakt in de tuin rond. Het was heerlijk om de dikke regendruppels op je huid te voelen. Er was toen nog geen zwembad waar we naartoe konden, en dat was een soort vervanging daarvoor."

Lia knikte en zei begrijpend: "Ja, dat heb ik ook vaak gedaan", en vervolgde toen: "Maar terug naar mijn moeder. Waar was ik gebleven? O ja, toen ik met mijn moeder over haar liefdesaffaire met Satoshi sprak, legde ze me uit dat zij en mijn vader een heel bijzondere liefdesrelatie hadden. Een relatie waarin loyaliteit niet slechts betrekking heeft op fysieke aspecten, maar eerder daarop, elkaar vrijheid te gunnen met de zekerheid dat je elkaar bijstaat en je elkaar vertrouwen kunt. Dat je eerlijk bent en dat iedereen er zeker van kan zijn dat deze belofte niet verbroken wordt."

"Maar, ..."

"Natuurlijk is het waar, dat je in situaties terecht kunt komen, die pijn doen. Waarschijnlijk de één meer dan de ander. Dan praat je openlijk met elkaar en probeert zo eerlijk en empathisch mogelijk te zijn. Dat betekent: begrip te hebben voor de ander. Ik heb het toen, toen ik vijftien was, niet volledig begrepen. Maar de uitleg van mijn moeder kalmeerde mijn woede. En ik kon ook weer normaal met Satoshi omgaan. Later, veel later heb ik beseft, dat die twee, mijn moeder en Satoshi, heel veel van elkaar hielden. Het was niet alleen maar seks die hen verbond, ze waren één hart en één ziel."

"Lia, ik weet dat de relatie tussen je moeder en je vader heel anders is dan tussen jou en je man. Maar ik vraag me af, waarom jij hem niets over onze relatie verteld hebt."

"O, dat is heel eenvoudig. Het maakt hem niet zoveel uit. Maar ik had het hem desondanks wel kunnen vertellen. Wat zou dat voor jou betekenen? Jij, die elke week met hem mee rijdt naar de schaakavond. Dat zou jullie alleen maar belasten. Nee, het is beter dat hij er niets van weet. Niemand buiten ons beiden mag er iets van weten. Geloof me, dat is beter zo!"

"Lia"

David zag er opeens heel verlegen uit.

"Lia ..."

"Ja, wat wil je zeggen?"

"Lia, ik ben blij dat we weer samen kunnen zijn. Dat is onze onenigheid is bijgelegd."

Lia streelde zijn haar: "Ja, ik ben ook blij."

"Maar hoewel het nog steeds fijn is om bij je te zijn, is iets anders geworden."

"Anders geworden? Wat dan?"

"Ik weet het niet. Ik kan het niet goed onder woorden brengen. Ik heb soms het gevoel van een innerlijke strijd in mij."

"Wat bedoel je?"

"Ik zit thuis in mijn kamer en wil een boek lezen of naar het zwembad gaan. Maar dan overvalt mij ineens deze sterke drang om naar jou toe te gaan, Of ik het nu wil of niet, meestal zit ik dan kort daarop hier bij jou. Begrijp me alsjeblieft niet verkeerd. Ik ben graag bij jou. Ik hou ervan samen met jou te zijn. Om naar je te luisteren, om je aan te raken. Om je stem te horen. Ik begrijp het gewoon niet ..."

"Ach David, verspil daar toch geen gedachten aan. Geniet van het leven. Als het jou vreugde schept om hier te zijn – en het brengt mij ook vreugde! –, dan is het toch goed zo!"

"Ja, waarschijnlijk heb je gelijk."

David stond op en begon de knopen van zijn overhemd los te maken terwijl Lia zich ook uitkleedde. Toen ze naakt tegenover elkaar stonden, raakte ze zijn borstkas aan, die ze met een lichte druk van haar vinger controleerde.

"Je bent mager", merkte ze op, "maar ik vind het mooi."

"Als kind was ik nog magerder. In het tweede schooljaar haalde de meester mij bij de biologieles voor de klas en ik moest mijn shirt uittrekken. Hij liet mijn ribben aan mijn klasgenoten zien en heeft ze hardop tellend afgetast. De andere veertig klasgenoten keken belangstellend toe. Ik was de enige blanke tussen zwarte, bruine en gele kinderen, en ik voelde me doodongelukkig."

"O mijn God!", riep Lia, terwijl ze haar hand voor haar mond hield, "dat is niet te geloven! Is jou dit echt overkomen? Wat zeiden je ouders daarvan?”

“Ik heb het ze niet verteld. Maar ik kan er nu om lachen en ik denk niet dat dit mij blijvende schade heeft toegebracht.”

Ze bedreven de liefde en hij genoot er enorm van. Daarna dronken ze ananaslimonade en praatten nog wat. Ten slotte liep Lia met hem naar de balkondeur. Daar ze namen afscheid van elkaar met een innige kus.

Langzaam liep hij over het voorland naar huis. Het onaangename gevoel was er weer.

19. De laatste dag

LIA WAS ZOALS ALTIJD VROEG OPGESTAAN EN DAARNA OP HET kussen naast haar bed gaan zitten om te mediteren. Ruim een half uur later stond ze op en ging naar de keuken om het ontbijt voor te bereiden. Ze had brood gesneden en in het mandje gelegd. Nu keek ze even uit het raam, over de rivier. Och, het leven in Nickerie zou zo mooi kunnen zijn als er niet …

Nee, hield ze zichzelf voor. Geen negatieve gedachten en gevoelens over het verleden! Het hier en nu was belangrijk, dat wist ze. Maar waarom was het altijd weer zo moeilijk om daarnaar te handelen?

Ze haalde net de boter en haar zelfgemaakte guavejam uit de koelkast toen ze haar man uit de badkamer hoorde komen.

“Wil je vandaag koffie of thee bij het ontbijt?”, riep ze hem toe.

“Koffie natuurlijk!”, was het antwoord. “Ik heb een lange bespreking met de Districtscommissaris voor de boeg. Ik moet klaarwakker zijn.”

Toen ze aan tafel zaten en ze hem zijn koffie inschonk, vroeg ze nieuwsgierig: “Met de districtscommissaris? Waarover dan?”

“Onder meer over het gemaal in de Corantijnpolder. Dat moet compleet vernieuwd of op zijn minst gerepareerd worden. Daarna praten we over de nieuwe brug naar Paradise …”

“O ja! Hoogste tijd!”, was Lia het met hem eens, “De oude kan het op elk moment begeven. Het is levensgevaarlijk om er met een auto overheen te rijden!”

“Nou ja. Overdrijf maar niet zo. Auto’s gaan nog. Het probleem is dat er ook vrachtwagens beladen met rijst of bananen over moeten. Er is geen andere weg.”

“Nou, ik rij niet eens met een fiets over deze bouwvallige brug!”

“Ja, je hebt gelijk”, bromde Peter, “hij is wel bouwvallig. Overigens zal de vergadering tot laat in de middag duren. We zijn voor het middageten bij de districtscommissaris uitgenodigd. Ik kom pas vanavond thuis."

Lia knikte.

"Het is goed dat je het zegt. Dan kan ik me met het koken erop instellen."

Toen vervolgde ze lachend: "Ik hoop dat de districtscommissaris je niet berispt omdat je uitlaat sinds maandag zo'n lawaai maakt als een straaljager. Verschillende mensen hebben mij er al op aangesproken."

"Och ja, de uitlaat. Morgen komt de nieuwe uit Paramaribo. Helaas kon dat niet sneller. De PERICA komt alleen op maandag en donderdag. Het irriteert mij ook, maar ik kan er niets aan veranderen."

"Dat weet ik", stelde ze hem gerust, "ik bedoelde het ook niet serieus. Maar een paar mensen hebben mij er werkelijk over aangesproken."

"Morgen wordt hij gerepareerd", beloofde hij, stond op en knikte als afscheid.

"Tot vanavond."

"Tot vanavond", antwoordde Lia.

Ze stond ook op en ruimde de ontbijttafel af terwijl meneer Varenbrink de trap af ging en met veel lawaai wegreed.

Kort nadat hij was vertrokken, kwam Johanna en begon de vaat te doen in de keuken. Lia ging de tuin in om in de nog aangename koelte van de ochtend de planten water te geven. Zij veegde de gevallen bladeren op en verwijderde de verdorde bloemen. Rond tien uur, toen het al merkbaar warmer was, zag de tuin er weer netjes uit en ze ging het huis weer in. Ze zei tegen Johanna, die intussen in de woonkamer aan het vegen was, dat haar man niet voor het middageten zou komen en dat ze dus minder hoefde te koken. Toen verdween ze in de badkamer en nam haar korte ochtenddouche. Tien minuten later liep ze met nat haar en een nog steeds vochtige huid naar haar kamer voor een tweede meditatieuurtje. Na de meditatie schilderde Lia totdat het eten op tafel stond. Toen ze klaar was met eten ruimde Johanna de tafel af en bracht de keuken op orde, terwijl Lia zich weer aan het schilderij wijdde, waar ze aan werkte.

Ze wachtte tot Johanna het huis verliet, ging toen naar de keuken en haalde een theedoek, die ze op het achterbalkon ophing. De grote pendule aan de muur wees al iets over twee aan.

Als David vandaag maar zou komen! – O, hoe intens verlangde ze daarnaar.

20. Narain

IN DE KLEINE NEDERZETTING, HALVERWEGE NICKERIE EN DE zeedijk, kraaide een vroege haan nog voordat de zon opkwam, en toen er niets bewoog in de ochtendschemering, kraaide hij opnieuw, zelfs iets luider dan voorheen.

Narain wreef in zijn ogen en draaide zijn lichaam naar links, naar rechts en strekte zich naar omhoog, ging rechtop zitten op zijn brits, legde zijn handen achter zijn nek en strekte zijn lichaam nog eens in alle richtingen uit. Op de grond naast hem bewoog iets. Het was zijn oom Ramesh, die een paar jaar ouder was dan hij. Nadat Narains grootouders van moederskant gestorven waren, had zijn moeder haar broer Ramesh in hun huis – eigenlijk een hut, want meer was het niet – opgenomen, ongeveer een jaar nadat Narains vader bij een ongeval om het leven kwam.

Ramesh had zijn ogen geopend, trok zijn magere benen tegen zijn lichaam aan en omsloot ze met beide armen. Hij keek Narain aan.

"*Suprabhat* – Goedemorgen."

"*Suprabhat* ", antwoordde deze.

"Vanmiddag draait *Dil Deke Dekho* met *Shammi Kapoor* in *Roshni*. Ik heb al zoveel gehoord over deze film en de acteur. Ik *moet* hem zien!"

"O ja, ik ga met je mee!", riep Narain enthousiast uit en vervolgde daarna teleurgesteld: "Och, dat gaat toch niet. Vandaag is het onze beurt om de netten binnen te halen."

Zijn blik werd nog donkerder.

"En bovendien hebben we vanmiddag ook crickettraining. Zondag spelen wij tegen de *Sunny Boys* uit Paradise."

Ramesh lachte hartelijk.

"Als jouw spelers horen, dat vandaag – en alleen maar vandaag –

Dil Deke Dekho in *Roshni* draait, dan verschijnt er niemand op het cricketveld!"

Narain wist dat zijn oom gelijk had en vroeg: "Wanneer begint de film?"

"Om half vier, maar vooraf laten ze altijd enkele trailers van films zien die binnenkort komen. Dat duurt zeker een half uur en betekent dat we er om vier uur moeten zijn."

"Dan zijn er waarschijnlijk geen kaartjes meer. Dan kunnen we net zo goed blijven vissen."

"Nee, domoor! Ik ga er meteen vanochtend naar toe en koop de kaartjes voor ons."

"Oké!", Narains stem klonk nu hoopvoller.

"Maar dan moeten we met *Maata* – moeder – afspreken dat we de vis eerder brengen."

"Laat dat maar aan mij over", zei Ramesh, "ik praat wel met mijn zuslief."

De zon was inmiddels opgekomen en hulde alles even in roze rode gloed. Het erf lag verlaten tussen vele andere percelen waarop de hutten van de naburige bewoners van de nederzetting stonden. Halverwege tussen Nickerie en de zeedijk gelegen, zou het een idyllische plek zijn geweest als de mensen die daar woonden, niet zo arm waren. Net als bij de meeste buren groeiden naast Narains hut veel hoge kokospalmen. Bovendien onderhielden moeder en zus een moestuin, waar nu door watertekort niet veel te oogsten viel.

De twee mannen stonden op en liepen naar buiten, naar de kleine douchecabine, niet ver van de plofplee aan de uiterste rand van het terrein. Narain had een emmer gevuld met water. Dat moest voor beiden genoeg zijn, want het was droge tijd, en ze moesten zuinig zijn met water. Van de drie regenwaterbakken – gemaakt van oude, aan de binnenkant geteerde olievaten – was er eentje al helemaal leeg en de tweede bijna half. Toen ze met hun ochtendtoilet klaar waren, hadden Narains moeder en zus al het 'ontbijt', rijst met groenten, vis in currysaus en verse chilipepers op tafel gezet. Terwijl ze aan het eten waren, kreeg Ramesh toestemming van zijn zuster om de vis eerder op de middag te brengen.

Kort voor zeven uur stapte Narain met zijn schoolspullen op zijn oude fiets en reed over de smalle, gammele brug de straat op. Het was een lange weg en school begon om half acht. Te laat komen, zoals vroeger, toen hij nog op de lagere school zat, kon hier niet. De schooldirecteur was heel streng en hield alles in de gaten. Narain zat al voor het vierde jaar op deze MULO-school. Op zijn twaalfde was hij na zes jaren lagere school samen met vele andere kinderen voor het toelatingsexamen geslaagd. Hij leerde vlijtig omdat hij hoopte ooit leraar te worden. Dan hoefde hij niet meer met de oude boot netten uit te zetten en ook niet meer met een emmer water over het erf te lopen.

Om één uur ging de school uit en Narain haastte zich om snel naar huis te komen. Hij moest immers direct na het eten met zijn oom met de boot de rivier op, zodat ze op tijd klaar zouden zijn.

Het was heet op de rivier. De boot lag op een plek aan de oever waar geen mangrovebomen groeiden. Narain duwde hem vanaf de oever het donkerbruine water in, dat qua kleur op een mengsel van sterke koffie en cacao met een scheutje melk leek. Hij en zijn oom sprongen in de boot en voeren naar hun netten. Het zonlicht glinsterde van alle kanten op het wateroppervlak, en verblindde hem. Hij had er spijt van, dat hij in zijn haast vergeten was zijn oude zonnebril mee te nemen.

Zijn oom hanteerde de netten en hij zat achterin en roeide langs de oever. Hij had geluk op deze dag. Het was hoog water en er was nauwelijks een stroming. Hij hoefde niet al te veel moeite te doen.

Een donderend lawaai deed hem opschrikken. Was het dezelfde auto, die hij een kwartier eerder al gehoord had? Met half toegeknepen ogen liet hij zijn blik in de richting van het lawaai over de oever glijden. Hij opende ze verder, om beter te kunnen zien. Maar hoe hij ook tuurde, hij kon geen auto ontdekken, daarvoor was de oever gewoonweg te hoog.

Narain was afgeleid. Zag hij daar niet David, een *bakra* die in zijn klas zat, dicht bij de oever? Ja, hij herkende hem, ook al droeg hij geen bril, wat zeer ongebruikelijk was. Maar zijn magere gezicht en markante flaporen waren genoeg om hem te herkennen. Hij wilde naar hem zwaaien, maar toen hij zijn hand opstak, was het gezicht weer achter de oeverplanten verdwenen.

"Kijk uit waar je heen vaart!", schreeuwde zijn oom, en geschrokken, wijdde Narain zich aan zijn roeiwerk.

"We moeten teruggaan en het opnieuw proberen."

Narain draaide de boot en terwijl hij terugvoer, zagen ze de *bakravrouw*, die in het grote witte huis aan de rivieroever woonde, op het kleine balkon staan.

"Een mooie vrouw", zei Narain.

"Nou ja", antwoordde Ramesh, nadat hij haar met een deskundig oog had bekeken.

"Pas nu goed op", riep Ramesh, en ze schonken de vrouw op het balkon geen verdere aandacht meer.

Deze keer ging alles goed en een half uur later waren de netten ingehaald en de vangst lag spartelend in twee manden.

21. De toekomst

TERWIJL ZE IN DE TUIN WERKTE, HAD LIA EROVER NAGEdacht of ze David een berichtje zou sturen, dat hij eerder kon komen. Maar ze wist niet hoe ze dat kon doen, zonder opzien te baren. Zelf of via Johanna een brief bij hem thuis afgeven zou te veel opvallen. Het was ook helemaal niet zeker of hij vandaag zou komen. Hij had zich al bijna twee weken niet meer laten zien, maar ze wist dat er examens waren op zijn school. Ze kon niets anders doen, dan de magie te laten werken. Ze had indertijd David's plukje haar op een schoteltje gelegd, naast de inhoud van het pakketje, dat Johanna haar had gegeven. Lia had bewust een schoteltje met verfresten genomen, omdat ze hoopte dat daardoor een sterkere band tussen haar en David zou ontstaan. De theedoek zou ze in ieder geval op tijd ophangen.

Terwijl ze aan hem dacht, was ze er plotseling zeker van, dat hij zou komen. Zulke gevoelens hadden haar nog nooit bedrogen. Vol verwachting trok ze de bonte jurk aan, die ze een tijdje geleden zelf had genaaid. De jurk, die David zo mooi vond.

David! Waarom was deze innige band zo tussen hem en haar gegroeid? Ja, natuurlijk waren er een paar conflicten tussen hen geweest. Maar ze waren elkaar weer nader gekomen. Ze hield van hem. Op sommige momenten zoals een moeder van haar kind houdt en wil dat het goed met hem gaat. Dat het groeit en met vertrouwen in de wereld blikt, ondanks alle moeilijkheden waarmee het te kampen heeft en de gevaren waaraan het zich blootstelt. Op andere momenten voelde ze zichzelf weer als een minnares die naar haar minnaar verlangt om samen van de lustgevoelens te genieten, die als pijlen in hen omhoog schoten; vanaf het eerste trillen als hun lichamen elkaar als door de nevel vonden, tot aan de grootse extase als ze naar eenzame hoogten stegen en verenigd in glijvlucht terugkeerden naar de aarde.

Ze wist dat hun relatie niet blijvend kon zijn, en dat maakte haar verdrietig. Aan het einde van het schooljaar zou hij zijn diploma behalen, en dan naar Holland gaan. Ze had even met de gedachte gespeeld, om met hem daar naar toe te gaan en haar man hier achter te laten. Peter zou er zeker begrip voor opbrengen, dat ze naar Holland wilde. Hij was toch eigenlijk wel een goede kerel.

Maar hoe moest het in Holland verder gaan?

Zou ze met David samenwonen? Onmogelijk om dit openlijk te doen! Zijn ouders zouden daar beslist tegen zijn.

In het geheim? Dat zou tot grote problemen kunnen leiden. Hij was nog minderjarig, en het duurde nog ruim vier jaar tot zijn eenentwintigste verjaardag.

Nee, het was haar duidelijk dat hun relatie vroeg of laat aan z'n eind moest komen. Daarover had ze nog niet met David gesproken. Zij besloot dit spoedig te doen. Maar tot dan, vertrouwde ze op Johanna's magie. Anders dan bij Peter, scheen het bij David wel te werken. Wie weet, misschien had Johanna gelijk en was het toch het schaamhaar dat de doorslag gaf.

Wat zou David er wel van zeggen, als hij erachter kwam dat ze hem met een magisch middel aan zich gebonden had? Ze zou het hem in ieder geval nooit vertellen. Terwijl ze zo over haar relatie met David mijmerde, en hoe deze waarschijnlijk spoedig zou eindigen, schoot haar plotseling de oplossing te binnen.

Het enige wat ze hoefde te doen was de mogelijkheden bij elkaar optellen en een beetje aanpassen: ze zou naar Holland gaan en in de stad waar David zich had ingeschreven om te studeren – hij had ooit gesproken over Haarlem – een huis of een appartement huren. Want ze had geen geld om iets te kopen. Dan kon ze een kamer aan David verhuren. Ze stelde zich voor hoe opgelucht zijn ouders zouden zijn, dat hij niet bij vreemden een kamer hoefde te huren. Zo zou ze hem altijd om zich heen hebben en kon ze hem begeleiden. En in liefde verkeren!

Ze zou weer als tekenlerares kunnen werken, en misschien daarnaast haar studie afsluiten. Dat ze nu pas op dit idee kwam! Ze moest het meteen met David bespreken. Ze wist zeker dat ook hij enthousiast zou zijn.

Opgelucht ging ze met pen en briefpapier aan tafel zitten en schreef aan haar moeder. Een kwartiertje later was de brief klaar.

Lia las de regels die ze zojuist had opgeschreven aandachtig door. Ontbrak er nog iets aan? Ze stopte het uiteinde van de pen in haar mond en zoog er bedachtzaam op. Nee, ze was tevreden met de tekst. Maar opeens schoot haar nog iets te binnen. Ze legde het papier weer op de tafel en voegde nog een paar regels toe.

Ziezo, nu was ze tevreden. Ze stond op en liep met de brief in de hand haar kamer binnen. Ze trok een la van de kleine commode open, waarin ze haar enveloppen bewaarde. Toen hoorde ze hoe de balkondeur zachtjes open ging, en een grote vreugde steeg in haar op. Hij was er! Ze had zich niet vergist. Ze legde de brief op de commode duwde de la weer dicht en ging naar de woonkamer.

22. De bonte jurk

Na het middageten liep David de trap af en ging even op zijn bed liggen. De wijzers van zijn horloge vertelden hem dat het iets na half twee was. Hij dacht aan Lia en verlangde ernaar haar te zien. Bijna twee weken was hij niet naar haar toe gegaan, een onbeschrijfelijk lange tijd. Maar het ging niet anders. Er waren examens op school en hij had moeten studeren. Hij probeerde erachter te komen of hij Lia alleen maar vanwege de schoolexamens had gemeden. Hij voelde dat er nog iets anders was, maar hij kon er de vinger niet op leggen. Had het te maken met Sandra? Nee, hij was klaar met Sandra.

Lia en hij, ze konden het zo goed met elkaar vinden! Hij voelde zich zo licht en gelukkig, als hij bij haar was en had altijd toegegeven aan de drang om naar haar toe te gaan, maar nu voelde hij zich eerder onbehaaglijk en onzeker.

Wat moest hij nu doen? Weer toegeven aan het verlangen? Vandaag had hij de laatste toets op school afgelegd. Dat kleine beetje huiswerk kon hij makkelijk in de avond doen. Hij schoof al zijn overwegingen terzijde, stond op en begaf zich op weg. Halverwege het voorland zag David de theedoek al op het balkon en heen en weer fladderen, De kust was veilig! Een paar minuten later ging hij de trap op, nadat hij vastgesteld had dat niemand hem had gezien. Hij schopte de slippers van zijn voeten en opende stilletjes de deur. Freddy sprong op en likte ter begroeting zijn handen. Nadat David hem over zijn kop geaaid had, ging de hond weer tevreden in zijn hoekje liggen.

Lia kwam uit haar kamer. Ze droeg die prachtige bonte jurk. David moest meteen aan haar schilderijen denken, het leek alsof ze de stof van de jurk zelf geverfd had.

“O, wat fijn dat je zo vroeg bent gekomen.”

Ze nam hem in haar armen en omhelsde hem. David voelde haar opgezwollen tepels, ze prikten dwars door haar jurk en zijn shirt en bereikten vol verlangen zijn huid. Hij wist dat zij niets droeg onder de jurk. Dat ze de jurk speciaal voor hem had aangetrokken, omdat het voor beiden een opwindend spel was, om elkaar uit te kleden. Alle twijfels en onzekerheden vielen van hem af.

Langzaam maakte ze knoop voor knoop van zijn hemd los. Ze sloeg haar armen om hem heen, onder zijn shirt, op zijn blote huid. Het was als altijd een bijna hemelse gewaarwording voor beiden, deze keer nog intenser, omdat ze het al zo lang zonder moesten doen. Terwijl zijn handen langzaam over haar rug naar haar billen gleden, begon hij langzaam haar jurk op te rollen. Ondertussen opende ze zijn riem en daarna knoopte ze langzaam en aandachtig zijn broek los.

Alsof het een goed getimede actie was, gleed zijn broek naar beneden toen hij bij de zoom van haar jurk was. Hij trok hem voorzichtig omhoog terwijl ze haar armen boven haar hoofd stak. Daar stond ze met haar prachtige lichaam, hoewel het, zoals ze zelf ooit zei: niet op dat van een filmdiva leek. Maar elke keer dat David het zag vond hij het mooier dan voorheen. Met een geoefende beweging liet ze zijn onderbroek naar beneden glijden en in een stevige omhelzing zweefden ze haar kamer binnen en gingen op het bed liggen.

Voordat ze hem kuste, trok ze voorzichtig de bril van zijn neus, strekte haar arm over hem heen en legde de bril op de grond. David draaide zich om en schoof voor de zekerheid de bril helemaal onder het bed zodat ze er niet op zouden trappen als ze opstonden. Hij schoof ook zijn horloge er achteraan.

In de loop van hun vele intieme ontmoetingen had ze hem belangrijke aspecten van het liefdesspel geleerd, ze beoefenden de basisregels van de Kama Sutra. Lia had hem hierover het een en ander bijgebracht: Dat is een tweeduizend jaar oude Hindoe-term die 'verzen van verlangen' betekent.

"Wat is Kama Sutra nu precies?", had hij gevraagd.

En zij antwoordde: "Het hele lichaam is een tempel der liefde. Het is belangrijk om jezelf te observeren en ervan te genieten hoe het lichaam – je eigen en dat van je partner – eruit ziet. Het doel is om de sensualiteit te ontwikkelen en het verlangen te vergroten. Er is niets verdorvens aan seksualiteit, integendeel, het is een goddelijke scheppingsdaad, waarbij plezier en genot een hoofdrol spelen. Dit omvat ook elkaar aanraken en merken hoe het lichaam aanvoelt en hoe het op de aanraking reageert."

Ze had het over deze en vele andere 'regels' gehad en David, die een ijverige leerling was, kwam er al snel achter, dat als hij voorzichtig met zijn vingernagels over haar rug en armen krabde, het bij haar een hevig kippenvel van opwinding veroorzaakte. Dat vond hij prachtig.

Ze bleven een tijdje naast elkaar liggen, en zweefden in een roes van extase en gelukzaligheid toen ze plotseling rechtop ging zitten, zijn arm pakte en zei: "Ik heb vanmiddag een brief aan mijn moeder geschreven en over jou verteld. Dat we van elkaar houden en van ..."

"Schrijf je aan je moeder over ons? En dat we een liefdesrelatie hebben?", onderbrak David haar verbaasd.

"Ja", bevestigde Lia, "je weet toch dat ik niets voor mijn ouders geheim houd."

David herinnerde zich, dat Lia dit ooit gezegd had, maar vond: "Ik zou mijn ouders nooit vertellen, dat ik een liefdesrelatie met je heb."

"Ja natuurlijk", gaf Lia toe, "als ik jou was, zou ik het ze ook niet vertellen. Maar ik ben geen zestien meer, dat is een verschil."

"En wat heb je geschreven?"

"O", zei Lia, "de brief ligt daar op de commode", en ze wees aan waar hij lag.

David stond op, liep naar de commode en zag de brief liggen. Hij keek Lia vragend aan.

"Ja ga je gang, je mag hem gerust lezen."

De bespreking sleepte zich voort. Naast het gemaal en de brug stonden er nog veel andere onderwerpen op de agenda. Hoewel aan het plafond in het kantoor van de Districtscommissaris een grote ventilator langzaam draaiend voor een verkoelende luchtstroom zorgde, moest meneer Varenbrink zoals altijd hevig zweten.

Na het middageten ging het in het kantoor van de districtscommissaris verder, en op een gegeven moment ontdekte meneer Varenbrink, tot zijn schrik, dat hij een belangrijk papier thuis had laten liggen.

"Geen probleem", vond de districtscommissaris, "als u het snel haalt, kunnen wij in de tussentijd over een paar minder belangrijke dingen praten."

Meneer Varenbrink knikte, stond op en reed met een dreunend lawaai naar huis.

23. De aftocht

TOEN DAVID ZIJN HAND NAAR DE BRIEF OP DE COMMODE uitstrekte, klonk er plotseling een oorverdovend geluid dat hen deed opschrikken. Het klonk alsof er een vliegtuig aankwam. En het landde vlak voor het huis!

Lia reageerde meteen: "Snel, dat is de Volkswagen van mijn man! Je moet hier weg."

David stond met één sprong voor de deur, stormde de woonkamer in en trok zijn broek aan, stopte de onderbroek in een zak en sloop stilletjes met het shirt over zijn schouder door de achterdeur naar buiten, terwijl Lia snel haar schilderskiel aantrok.

Freddy hief zijn kop op en keek hem verbaasd na.

Op het balkon pakte David snel zijn slippers, en terwijl Lia's echtgenoot de voortrap op rende, sloop hij naar beneden. Tot zijn schrik zag hij een vissersboot niet ver van de oever. Gelukkig waren de mannen druk met hun netten bezig. David bereikte ongemerkt de tuin, waar de planten hem voor ontdekking beschermden.

Voorovergebukt – je wist maar nooit! – haastte hij zich uit Lia's tuin en met een bonzend hart hurkte hij neer op de plek op het voorland waar hij zowel vanaf de rivier als ook vanaf de straat niet te zien was. Het huis van de Varenbrinks was voor hem weliswaar zichtbaar, maar daar vandaan kon men hem achter de struiken en het hoge gras niet ontdekken.

In de woonkamer keek Lia haar man verbaasd aan.

"Hé, ik dacht dat je pas vanavond zou komen."

"Ja, dat klopt. Ik heb de schattingen van de deskundige in Paramaribo hier laten liggen. Zonder die kunnen we niets beslissen.

Kijk, daar liggen ze."

Hij stak de envelop bij zich en wilde weer naar buiten gaan.

Maar Lia zei: "Je bent zo bezweet. Wil je je niet even omkleden?"

Meneer Varenbrink knikte dankbaar naar haar.

"Ja natuurlijk! Dat is een goed idee. Ik ga ook nog snel onder de douche."

Toen hij kort daarna weer opgefrist naar de deur ging, riep ze: "De schattingen! Heb je die nu?"

"Ja hoor!"

En met hetzelfde dreunende lawaai, waarmee hij gekomen was, reed hij naar de bespreking terug.

24. De bril

TOEN DAVID EEN KWARTIERTJE LATER DE VOLKSWAGEN VAN meneer Varenbrink weer hoorde starten en hem kort daarna zag wegrijden, bleef hij in zijn schuilplaats aan de oever. Tussen de hoge grashalmen wachtte hij op een teken van Lia, dat alles veilig was en hij weer kon binnenkomen.

Hij had moeite om de wereld duidelijk waar te nemen, want bij zijn haastig vertrek was zijn bril onder haar bed blijven liggen. Alles, dat meer dan een paar meter bij hem vandaan was leek wazig, alsof het beelden waren van een bioscoopprojector waarbij de lens verkeerd was ingesteld.

In het begin van hun liefdesrelatie had hij altijd zijn bril op gehad, totdat deze stoorde als ze elkaar kusten en Lia hem voorzichtig afnam en naast haar bed legde. Ook al kon hij haar naakte lichaam dan niet langer duidelijk zien, kon hij haar nog beter betasten en kende inmiddels elke plek blindelings.

Er bewoog niets bij het huis. David veegde met zijn hand het zweet weg dat door zijn haastige vlucht op zijn voorhoofd parelde en staarde vol verwachting naar het balkon van het witte huis. De balkondeur bleef gesloten en zijn blik dwaalde af over de rivier waar het kleine vissersbootje voer. Het voer hier bijna elke dag niet ver van de oever om netten uit te zetten of binnen te halen. Het behoorde tot de familie van Narain, een Hindoestaanse jongen uit zijn klas die meestal moest helpen met het werk. Zonder bril kon David niet met zekerheid zeggen dat het Narain was, maar normaal gesproken was er in dit gedeelte van de rivier geen andere visser. Een stekende pijn deed hem met zijn rechterhand tegen de achterkant van zijn nek slaan. Hij voelde daar iets kleins bewegen en kneep zijn hand stevig dicht. Toen hij hem opende, zag hij dat het een *kawfrei* was, een paardevlieg, die vermoedelijk aangetrokken door het zweet, hem als slachtoffer uitgekozen had. Hoe lang moest hij het hier nog uithouden?

Een beweging bij het huis bracht abrupt zijn aandacht weer in die richting. Inderdaad! De deur ging open en Lia stapte het balkon op. Ze tuurde in de richting waar ze dacht dat David zou zijn, maar zien kon ze hem waarschijnlijk niet. David stond op uit zijn gebukte houding en hield een arm op schouderhoogte als teken dat hij haar had gezien. Hij kon zonder bril alleen maar zien, of beter gezegd raden, dat ze naar hem zwaaide en hij ging op weg naar haar.

De struiken en het hoge gras boden hem bescherming tegen onverwachte blikken, maar hierdoor kon hij het huis enkele ogenblikken ook niet meer zien. Toen het weer zichtbaar werd, was Lia het huis al ingegaan. De balkondeur had ze voor hem open gelaten. Door de bladeren turend, zag hij de kleine vissersboot, die nu dichter bij de kant voer. Ja, hij was overtuigd dat het zijn klasgenoot was.

"Het is maar goed, dat hij mij hier niet kan zien!", dacht David. "Ik moet als ik het huis binnenga, ervoor zorgen, dat die twee in de boot mij niet opmerken."

Hij sprong van de kleine verhoogde oeverdam, die bescherming bood tegen springtij, in de tuin, en toen hij zich oprichtte, kon hij van schrik niet meer ademen.

Daar lag ze! Op haar zij, met haar gezicht naar hem toe. Haar ogen staarden langs hem heen. Haar schilderskiel was slechts half vastgebonden door een ceintuur om haar middel. De bovenkant half open en een albasten borst zichtbaar. Met twee, drie sprongen was hij bij haar, hurkte naast haar neer en schudde zachtjes haar schouder heen en weer.

Zijn stem klonk onnatuurlijk en angstig.

"Lia! Lia, zeg toch iets! Wat is er gebeurd?"

Ze reageerde niet. Bevend schoof hij zijn rechterhand onder haar hoofd om haar op te richten. Een warm, plakkerig iets liet hem zijn hand met een ruk terugtrekken. Het was bloed en hij raakte in paniek.

"Lia!", riep hij, "Lia!"

Ze reageerde niet. Wat kon hij doen? Hulp halen? Hij probeerde haar polsslag te voelen, eerst bij het polsgewricht en daarna bij haar hals. Niets! Hij besefte plotseling: zij was dood! Hij kon niets meer voor haar doen. Hij wilde opspringen en wegrennen. Weg van deze plek des onheils! Om 't even waarheen! Er stonden tranen in zijn ogen. Hij had hartkloppingen en hij voelde zich duizelig.

Hij bleef even naast haar zitten. De woorden, die ze tegen hem had gezegd toen ze samen mediteerden, kwamen plotseling weer in hem op: Loslaten! David, je moet alles loslaten! Concentreer je op je ademhaling. Voel hoe de lucht je borst naar binnen stroomt ...

Hij sloot zijn ogen en voelde zijn adem.

Hij kwam weer tot bedaren en had zichzelf weer enigszins onder controle, hoewel zijn hart nog steeds tekeer ging en bonsde.

Hij dacht na.

"Ik moet kalm blijven, me verstandig gedragen! Niet wegrennen als een gek. En vooral: ik mag niet gezien worden. Noch door die lui in de boot, noch door de mensen die aan de andere kant van het braak liggende terrein wonen."

Na een paar minuten sloeg zijn hart weer rustiger en voelde hij zich iets beter. Omzichtig stond hij op en sloop naar de oeverdijk. Op de terugweg boden de planten hem dekking. Maar zonder bril moest hij bijzonder oppassen waar hij liep.

"O God, mijn bril!"

Die lag nog in het huis! En ook zijn horloge!

Hij raakte opnieuw in paniek. Deze voorwerpen mochten in

geen geval daar gevonden worden. Hij dacht kort na, draaide om en liep de paar meter terug. Hij wilde de trap op gaan maar kon zich net op tijd herinneren, dat hij moest oppassen. David tuurde over de rivier en wachtte tot de twee in de vissersboot met hun rug naar hem toe stonden, en sloop toen snel het huis binnen.

Freddy lag in zijn hoek en hief even zijn kop op met zijn ogen half open en sliep verder. David ging regelrecht naar de slaapkamer en drukte de op een kier staande deur open en vond zijn bril en horloge op de plek waar hij ze had achtergelaten. Hij zette snel de bril op zijn neus en was blij dat hij alles weer normaal kon zien. Het horloge stopte hij in een broekzak.

In de woonkamer keek hij nog eens aandachtig rond. Kon er nog iets anders van hem zijn blijven liggen? Nee, hij had alles wat hem kon verraden.

Alles? …

Daar was toch nog de brief waar Lia het over had gehad. Hoewel hij het niet precies wist wat Lia had geschreven, wist hij dat ze zijn naam, David, daarin genoemd had. Hij draaide zich om en liep terug naar Lia's kamer. De brief, op dun lichtblauw luchtpostpapier, lag op de commode. Hij herkende Lia's krachtige handschrift, dat hij zo bewonderde. Vergeleken met het zijne, met zijn slordige, onvaste letters leek het op een kunstwerk. Hij vouwde de brief een paar keer, stopte hem in een broekzak en liep terug in de woonkamer. Freddy stond op en ging voor hem zitten. David krabde als afscheid over zijn kop en besefte hoe verdrietig en onzeker hij zich voelde. Nu moest hij afscheid nemen, om nooit meer terug te keren. Het vond het ongelooflijk zwaar. Voordat hij naar buiten ging, keek hij naar de vissersboot. Die was nu verder weg van de kant en de twee waren te druk bezig met de netten dan dat ze op iets anders konden letten.

Met de bril op z'n neus was het niet moeilijk om vast te stellen dat hij het goed gezien – of beter *geraden* – had: het was de boot van Narain.

Zachtjes sloot hij de balkondeur achter zich. Onderaan hurkte David zich nog een keer naast Lia's lichaam. Een paar vliegen zoemden rond haar hoofd. Hij joeg ze weg met een wilde armzwaai, maar na een paar seconden waren ze weer terug. David begreep dat het zinloos was om de vliegen te bestrijden. Voordat hij opstond trok hij met de ceintuur haar kiel dicht. De aanblik haar halfnaakt op de grond te zien liggen kon hij niet verdragen. Het bloed op zijn hand liet sporen na op de stof. Wetende dat Lia niet kleinzerig was over haar kleding en uiterlijk, wist hij zeker dat ze het hem zou vergeven.

Hij sloop langs de bekende weg naar huis, terwijl de tranen over zijn wangen stroomden. Toen hij in zijn kamer was, dacht hij er met schrik aan, dat hij Lia een tijdje geleden op haar verzoek een foto van hem had gegeven. Wat zou er gebeuren als die gevonden werd? Hij durfde niet nog een keer terug te gaan. Bovendien wist hij niet waar ze hem bewaarde. Hij hoopte vurig dat hun relatie niet aan het licht zou komen, maar een onzeker gevoel bleef.

David kon die nacht niet in slaap vallen. Steeds weer verscheen het beeld van Lia, onder aan de trap liggend, met bloed op haar kiel en vliegen die rond haar hoofd zoemden. Toen hij eindelijk insliep, kreeg hij nachtmerries waarin Lia met bloed bevlekt in zijn slaapkamer verscheen en hem met haar zachte stem verwijtend vroeg: "Waarom heb je mij dit aangedaan?"

DEEL II

25. De brief

De volgende ochtend werd David wakker met hoofdpijn en voelde zich doodongelukkig. Tussen de nachtmerries door had hij nauwelijks geslapen. Hij had geen eetlust en at maar één sneetje brood als ontbijt en tijdens de les kon hij zich nergens op concentreren. Hij luisterde zwijgend naar het nieuwtje, dat Lia dood was gevonden, terwijl zijn hart huilde. Dat haar man gearresteerd was, schokte hem omdat hij besefte, dat hij meneer Varenbrink niet eens kon ontlasten zonder zichzelf te verraden. Toen hij uit school kwam en het gezin op het achterbalkon voor het middageten aan tafel zat, zei zijn moeder tegen hem:

"Heb je het verschrikkelijke nieuws al gehoord? Ze hebben meneer Varenbrink gearresteerd. Hij heeft zijn vrouw vermoord. Het is niet te geloven! O, als ik er aan denk dat je elke vrijdag met die moor..., eh man, bent meegereden. Je had ook dood kunnen zijn!"

"Nou, overdrijf niet zo!", vond David's vader, "Er is nog niets bewezen."

"Je kunt maar beter voorzichtig zijn. Je rijdt voorlopig niet meer met hem mee!", riep zijn moeder energiek uit, niet begrijpend waarom haar man moest lachen.

David zat er verstard bij en hij kon er niet om lachen.

"Waarom lach je zo!", was haar reactie, "Ik wil niet dat David iets overkomt."

"Ma", legde David uit, 'hij zit in de gevangenis. Dan kan ik toch helemaal niet met hem meerijden!"

"Maar als hij vrijkomt, ook niet!", besloot ze, en daar bleef het bij.

"Op school zei een leraar dat het beslist een *yorka* was", zei David, verrast dat hij er plotseling zo licht over praten kon. "Meneer Varenbrink zou hem hebben gebruikt om zijn vrouw te vermoorden."

"Wat een onzin!", antwoordde David's vader, "Ze hebben bloedsporen op haar kleding gevonden, die de dader heeft achtergelaten. Een *yorka* – als ze daadwerkelijk bestaan, wat ik ten zeerste betwijfel – laat toch geen sporen achter."

"Wat weet mijn vader over *yorka's*?", vroeg David zich af. "Hij heeft zich nog nooit geïnteresseerd in *Winti*. En ook niet voor de vele goden en geesten die een rol spelen in deze religie."

"O", zuchtte zijn moeder, "waarom worden mannen altijd gewelddadig?"

Toen David na het middageten op zijn bed ging zitten, trok hij Lia's blauwe brief uit zijn zak en las wat ze geschreven had.

Lieve Mama

Een tijdje geleden is mij iets wonderbaarlijks overkomen. Zo geweldig dat ik het je nog niet heb durven schrijven. Ik heb de liefde van mijn leven gevonden, maar nu pas ben ik er zeker van dat het iets blijvends is. Nog is niet alles geregeld, en ook nog niet concreet besproken met Peter. Maar uit eerdere gesprekken met hem weet ik, dat hij met onze scheiding accoord zal zijn. In principe heeft hij een groot hart en zal mij geen problemen bezorgen.

En nu komt het goede nieuws voor jullie: ik kom over een paar maanden met David, zo

heet mijn geliefde, naar Holland. Hij is iets jonger dan ik en gaat studeren in Haarlem. Hij is een bijzonder mens, en jij en papa zullen hem erg mogen, dat weet ik zeker.

Ik ben van plan een appartement in Haarlem te huren, zodat we samen kunnen zijn. Ik wil jullie hierbij om ondersteuning vragen, ook op financieel gebied. Ik ga proberen een baan als tekenlerares, eventueel ook als verkoopster in een kunsthandel te vinden. Maar voordat dit allemaal in kannen en kruiken is, heb ik een overbrugging nodig. Denk je, dat dat te doen is? Het zou mij enorm helpen.

Lia

PS

Nadat ik deze regels opnieuw heb gelezen, schiet me te binnen dat we (David en ik) net zo goed in Leiden kunnen wonen. Met de trein is het maar een half uurtje naar Haarlem. David zou daar geen probleem mee hebben, vooral niet omdat er elk uur meerdere treinen naartoe rijden. Wonen in Leiden maakt het voor mij veel makkelijker *om weer voet aan de grond te krijgen en een baan te vinden. Misschien kan je uitkijken naar iets geschikts voor ons?*

Zijn hand met de brief zakte langzaam naar zijn dij en hij bleef roerloos op het bed zitten en staarde minutenlang naar de houten wand, die zijn kamer van de gang scheidde. De hand die de brief vast hield trilde. Hoe graag had hij dit idee van Lia willen verwezenlijken: samen naar Holland gaan en samen leven, dag en nacht! Hoe bitter dat dit alles niet kon plaatsvinden. In gedachten klopte hij op de deur en ging toen naar de woonkamer, waar Lia schilderde en hoorde haar stem, waarvan hij in het begin niet opgemerkt had, hoe zacht die was, toen ze de allereerste zin tegen hem zei: "Wil je een glaasje limonade?"

Hij beefde en fluisterde: "Lia, ik hou van je."

Langzaam hief hij zijn hand weer op ooghoogte en door de tranen heen las hij opnieuw en nogmaals, elke regel en elk woord dat Lia op papier had gezet. De pijn die hij daarbij voelde maakte het ademen bijna onmogelijk. Hij ging op het bed liggen en staarde naar de balken en het plafond boven hem. In gedachte was hij in Holland, in Leiden, waar hij met Lia leefde.

26. De begrafenis

Vooraan in de lijkstoet werd de zwarte lijkwagen door een zwart paard getrokken. Eigenlijk was het paard van *Ba Marie*, de enige in het stadje die een paard bezat, bruin. Maar voor deze gedenkwaardige gelegenheid waren paard en kist bedekt met een groot zwart laken. Bijna iedereen in de rouwstoet was in het zwart, of op zijn minst donker gekleed. Bij creools-christelijke begrafenissen was de meerderheid van de rouwenden in het wit gekleed. En terwijl de stoet zich voortbewoog, werden kerkelijke gezangen ter gehore gebracht. Bij 'europese' begrafenissen zoals deze, ging het er overwegend stil en zwart aan toe.

Traditionele Creoolse begrafenissen waren compleet anders. Zo eentje had Lia waarschijnlijk beter bevallen. Daarbij werd de kist door een paar mannen gedragen. Ze bewogen zich dansend, met onverwachte wendingen naar links of naar rechts. Soms bogen ze snel een zijstraat in, die helemaal niet tot de route behoorde, om dan net zo vlug weer op de juiste weg terug te keren.

"Ze doen dat om de *yorka* – de geest van de overledene – op een dwaalspoor te zetten, zodat hij de weg naar het graf van de overledene niet kan vinden", had hun Creoolse dienstmeisje hem ooit uitgelegd,

Europese begrafenissen waren daarentegen plechtig, maar behoorlijk saai.

David wilde naar de begraafplaats meegaan om Lia de laatste eer te bewijzen. Hij wilde haar begeleiden op haar laatste reis. Niet, omdat hij zich ertoe verplicht voelde. Hij wilde nog één keer bij haar zijn. Nog éénmaal de verbondenheid voelen die hij met haar beleefd had, al leefde ze niet meer, en was ze van hem gescheiden door een zwart laken en het hout van een kist.

"Nee!", had zijn moeder gezegd. "Dat is niets voor kinderen."

Hij was allang geen kind meer, maar hij durfde niet te protesteren. Het was waarschijnlijk ook beter zo. Hij zou opvallen als de enige teenager in de rouwstoet.

En zo vertrok de begrafenisstoet zonder David. Vanaf het ziekenhuis, waar de autopsie plaats vond, langs haar huis, naar de begraafplaats, die achter het oude sportveld lag. Vroeger of later zou hij ook langs David's huis komen, daarom ging hij voor een van de ramen aan de straatkant zitten en voelde de pijn van het verlies van Lia, dat hij alleen moest dragen omdat hij er met niemand over kon praten.

Na een lange tijd van wachten, waarin zijn gedachten steeds weer afdwaalden naar de middagen die hij met haar had doorgebracht, naar de vele gesprekken die ze gevoerd hadden, naar de hartstochtelijke liefde die hij bij haar had leren kennen, kwam eindelijk de begrafenisstoet. Hij was verrassend klein. Aan Surinaamse begrafenissen, zowel van Creolen als van Hindoestanen, namen altijd honderden mensen deel. In de tropische hitte moesten begrafenissen snel plaatsvinden omdat er geen koelhuis in Nickerie was. Daarom werden alle overlijdensberichten en begrafenistijden met de geplande route van de begrafenisstoet via de lokale radiozender bekend gemaakt, zodat iedereen tijdig geïnformeerd was en kon deelnemen. Bij Lia's begrafenis was er geen aankondiging. Dat was ook niet nodig. Heel Nickerie had over de moord op haar gesproken en iedereen was op de hoogte. Niettemin was het aantal rouwenden zeer beperkt. Hij ontdekte meteen zijn ouders. Zijn vader viel op tussen de rouwenden, die grotendeels in het zwart gekleed waren. Hij bezat geen donker pak en droeg zijn oude witte kapiteinsuniform. Het merendeel van de Hollandse gemeenschap was aanwezig, maar hij ontdekte ook een paar inheemsen. Onder meer herkende hij Johanna, die in Lia's huishouden had gewerkt.

Onwillekeurig moest hij aan meneer Varenbrink denken. Deze was op de avond van Lia's dood gearresteerd en mocht de begrafenis van zijn vrouw niet bijwonen. Nadat hij Lia dood had aangetroffen, toen hij de bewuste avond thuiskwam, waarschuwde hij onmiddellijk de politie. De agenten hadden hem aanvankelijk alleen maar voor verhoor naar het bureau gebracht, maar hielden hem daarna vast, op verdenking van de moord op zijn vrouw. De gevonden sporen waren duidelijk: de bloedvlekken op haar schilderskiel en haar lichaam moesten onmiddellijk na haar overlijden zijn ontstaan, dat volgens de autopsie rond half drie ingetreden was. En dat viel in de tijd tussen het moment dat meneer Varenbrink de bijeenkomst op het commissariaat had verlaten om thuis papieren op te halen en zijn terugkeer. En het bloed was niet vanzelf daarheen gekomen. Iemand – waarschijnlijk de dader – had deze sporen daar achtergelaten, dat was de overtuiging van de politie.

Hij vond haar pas een paar uur later. Toen hij 's middags het huis verliet, leefde ze nog, dat had hij de politie meegedeeld. Maar die geloofde hem niet, want dan was haar bloed al lang opgedroogd geweest, en kon de besmeurde vlekken niet hebben veroorzaakt. Nee, de politie was er zeker van. En bovendien: vonden halsmisdaden niet meestal plaats in een huiselijke omgeving of in de kennissenkring?

Ook het feit dat Lia niets onder haar schilderskiel droeg, werd als zeer verdacht ervaren, ook al beweerde meneer Varenbrink dat dit voor haar gebruikelijk was. Pas toen het dienstmeisje Johanna bevestigde, dat mevrouw Varenbrink meestal in huis rondliep met weinig of helemaal geen kleding, viel tenminste dit punt weg. Maar Johanna verklaarde ook dat de Varenbrinks aparte slaapkamers hadden en er eigenlijk geen huwelijk meer bestond. Wat wederom net zo verdacht was. Ze sprak echter met geen woord over de *wisi* die ze ooit aan Lia gegeven had.

Ja, heel Nickerie was ervan overtuigd, dat meneer Varenbrink de dader was. Heel Nickerie, behalve hij, David.

Hoe kon hij hem helpen? Het was David duidelijk dat hij het niet geweest kon zijn. Maar wie was het dan wel? David dacht in de dagen daarna aan niets anders. Wie had Lia vermoord, in deze paar seconden, toen ze kort uit zijn zicht geweest was? En hoe had hij het gedaan? Kwam de wond op haar hoofd doordat ze op het stenen platform onder aan de trap was gevallen? Of had iemand haar met een hard voorwerp krachtig op haar hoofd geslagen? Waarom had hij haar niet horen schreeuwen? En misschien wel de belangrijkste vragen: waarom werd ze vermoord? Welk motief zou iemand kunnen hebben om haar om het leven te brengen? Het was waar dat zij eigenlijk een buitenstaander was, die de gesprekken met andere mensen niet zocht, ja ze zelfs vermeed. Omdat ze haar eigen ideeën had over het leven en hoe men het vormgeeft. Maar dat kon toch voor niemand een reden zijn om haar te vermoorden! Ze kwelden hem, vraag na vraag waarop hij geen antwoord wist.

Twee dagen na de begrafenis, rond half drie, het tijdstip waarop hij gewoonlijk naar Lia ging, sloop hij het huis uit. Kort voordat hij bij huize Varenbrink aankwam sloeg hij linksaf, in de richting van de begraafplaats. De straat gloeide verlaten in de hete zon en iedereen had zich voor een middagdutje teruggetrokken. Bij een huis met een grote tuin groeiden prachtige, vuurrood bloeiende planten die in Suriname toepasselijk *Faya Lobi*, 'Vurige Liefde' genoemd worden. Hij keek snel om zich heen of niemand hem zag en plukte een klein boeket als laatste groet voor Lia.

Toen hij de begraafplaats betrad, keek hij nog eens onderzoekend om zich heen, want hij wilde niet gezien worden, als hij de bloemen op Lia's graf plaatste. Hij liep regelrecht naar de 'Hollandse hoek', zoals zijn moeder hem had verteld, toen hij vroeg waar Lia precies begraven lag. Hij wist waar dat was. Een paar jaar eerder had hij precies daar met zijn padvindersgroep een begrafenis bijgewoond.

Op het verse graf stond er alleen een klein houten bordje met haar naam. Jazeker, de officiële grafsteen was nog niet klaar. Hij knielde neer en plaatste zijn bloemen tussen de andere, die voor het grootste deel al verwelkt waren. Toen sprak hij zachtjes, omdat hij niet zeker wist of toch niet iemand anders hem zou kunnen horen.

'Lia', mompelde hij, en het klonk eigenaardig in zijn oren. Buiten haar huis had hij haar nooit met 'Lia' aangesproken, maar altijd met 'mevrouw Varenbrink' zodat hij zich nooit kon verspreken als er andere mensen in hoorbereik waren.

"Lia, ik weet niet wat er gebeurd is. Ik weet niet waarom je moest gaan. Maar ik voel me schuldig omdat ik denk dat het met onze liefde te maken heeft. Ik weet dat het niet jouw man kan zijn geweest, want hij was al weggereden voordat het gebeurde. Ik zou hem kunnen ontlasten door een verklaring af te leggen bij de politie, maar dan komt men achter onze relatie, en ik ben bang voor de gevolgen. Toen ik je onderaan de trap vond, nadat je even daarvoor nog naar me had gezwaaid, was ik in paniek. Jouw ogen, die anders altijd lachten als ik bij je was, waren zo vreemd verstard toen ik je vond, ze zullen nooit meer kunnen lachen. Toen ik je hoofd optilde, voelde ik je warme bloed op mijn hand, en met schrik ontdekte ik de grote wond op je achterhoofd. Op dat moment begreep ik dat je niet meer leefde. Als ik mede schuldig ben aan jouw dood, vergeef het mij dan alsjeblieft. Ik heb het jou ook vergeven, dat je Theo toen op het strand niet hebt gered. Misschien ontmoeten we elkaar nog eens in een ander leven."

David schrok. Hij hoorde plotseling voetstappen, keek achter zich en zag een oude vrouw, die met moeite langzaam naar hem toe liep. Ze was gekleed in de traditionele klederdracht van de Creoolse vrouwen, maar droeg een zwarte hoed in plaats van een *anyisa*, hun kunstig gevouwen, kleurrijke hoofddoek.

De oude vrouw bewoog zich moeizaam en steunde op haar wandelstok. David stond op toen ze hem passeerde en groette woordeloos met een licht knikken van zijn hoofd. Ze glimlachte even, knikte bijna onmerkbaar terug en liep verder zonder iets te zeggen.

David draaide zich noch een keer om naar het graf, hief zijn rechterhand iets op en zei: "Adieu, Lia. Over een paar weken ga ik naar Holland om in Haarlem te studeren. Het zou zo mooi zijn daar met jou te leven, maar zonder jou twijfel ik aan het nut ervan. Als je nu met mij zou kunnen praten, zou je zeker zeggen dat ik die studie moet doen. En dat geeft mij een beetje, maar toch genoeg kracht om het te proberen. Ik doe het voor jou! Ik mis je heel erg. De dagen zonder jou zijn erg moeilijk voor mij geweest, vooral omdat ik weet dat het voor altijd zal zijn. Ik vraag me vele malen per dag af: 'Waarom?', maar ik krijg geen antwoord. Het maakt mij woedend en verdrietig tegelijk. Oh, kon je nog één keer met mij praten. Mij nog één keer in je armen nemen. Mij nog één keer uitleggen waarom het zo moest gebeuren."

Terwijl de tranen over zijn wangen stroomden, sloop hij naar de uitgang en hoopte dat niemand hem zag.

27. De getuigen

TIJDENS DE PAUZE DRONGEN ENKELE KLASGENOTEN SAMEN op het schoolplein.

"Wat is daar aan de hand?", vroeg hij aan zijn vriend William, die naast hem liep.

Die trok zijn schouders op en antwoordde: "Ik heb geen idee."

Ze naderden de groep en hoorden hoe Narain, die anders rustig en verlegen was, met luide stem sprak.

"Maar ik heb haar nog gezien!"

"Wie heb je gezien?", mengde David, zich in het gesprek.

Narain keek hem aan: "Nou, de vermoorde vrouw!"

"Wat, 'de vermoorde vrouw'?", riep er eentje uit de groep en lachte luid. "Heb je misschien haar *yorka* gezien?"

En hij lachte weer luid.

Zijn buurman schudde krachtig zijn arm en beet hem toe: "*Mang*, zeg toch zulke dingen niet. Straks komt hier eentje opdagen en brengt ongeluk over ons!"

Twee jongens in de groep moesten nu ook lachen om zoveel bijgeloof, maar de anderen waren serieus en vonden dat het beter was om zoiets niet hardop te zeggen, laat staan erom te lachen.

Ondertussen luisterde David verbaasd naar Narain.

"Nee! Ze leefde nog. Het was op de middag dat ze vermoord werd. Ze zeggen dat haar man het heeft gedaan. Maar ik heb haar nog gezien, nadat haar man was weggereden. Vanwege zijn kapotte uitlaat was dat heel duidelijk te horen."

Nu was David z'n volle aandacht getrokken.

"Je hebt haar daarna nog gezien? Waar dan?"

"Ze stond op haar balkon. Mijn oom Ramesh en ik waren met onze boot op de rivier. Maar jij moet haar toch ook gezien hebben. Je was toch op het voorland, nietwaar?"

"Ik?"

"Ja jij! Je had je bril niet op, maar ik heb je herkend. Ik zwaaide naar je, maar je zag het niet."

"Och ja."

David deed alsof hij het zich nu herinnerde.

"Onze hond was weggelopen en ik heb daar naar hem gezocht. Een tak sloeg mijn bril van mijn gezicht en hij lag op de grond. Gelukkig was ze nog heel."

"Precies! Dan moet je haar toch ook gezien hebben", hield Narain koppig vol.

"Nee, dat heb ik niet!"

David bedacht daarvoor een verklaring: "Er staan zoveel struiken en bomen op het voorland, die mijn zicht belemmerden en ik moest mijn hond vangen en mijn bril zoeken. Ik heb niets gezien."

Hij bracht het gesprek weer op de kern van de zaak.

"Maar je weet zeker dat je die vrouw nog levend op het balkon hebt gezien, nadat haar man was weggereden in zijn knetterende Volkswagen?"

"Ja! Wij, mijn oom Ramesh en ik, hoorden eerst dat hij kwam. En ongeveer een kwartiertje later hoorden we hem weer wegrijden. Kort daarna zagen mijn oom en ik deze vrouw op het balkon. Ze droeg een witte jurk."

"Narain", begon David, "Je weet dat deze man in de gevangenis zit en dat heel Nickerie hem als een moordenaar beschouwt. En jij en je oom weten, dat hij het niet kan zijn geweest. En jullie gaan de politie niet vertellen wat jullie weten?"

"Nee! Wij willen niets met de politie te maken hebben! Dat schept alleen maar moeilijkheden. Jij als *bakra* kunt dat niet begrijpen. Maar wij zijn arme mensen en moeten voorzichtig zijn met wat we zeggen. *Jij* kunt er naartoe gaan en zeggen dat je haar nog hebt gezien, nadat hij weggereden was. Tenslotte was je op het voorland. En jou zullen geen problemen bezorgen."

“Natuurlijk kan ik niet zeggen, dat ik haar nog heb gezien, nadat hij weggereden was. Ten eerste klopt dat niet …”

Dat was een leugen, maar David kon niet anders.

“…en ten tweede weet iedereen hier nu …”

David wees met zijn rechterhand naar degenen om hem heen,

“…dat dit niet waar is, maar dat *jij* en je oom haar hebben gezien.”

“Toch zijn mijn oom en ik het erover eens: Wij willen geen problemen!”

“Betekent het, dat je toekijkt hoe een onschuldige man tot levenslang veroordeeld wordt, ook al kon je hem redden? Dat geloof ik niet! Dit kan niet waar zijn!”

Narain zweeg bedremmeld. William mengde zich erin: “Hoe zou jij het vinden als je verdacht wordt en iemand die je kan vrijpleiten het niet doet?”

Ulrich had zich inmiddels ook bij hen gevoegd en had een duidelijke mening.

“Narain, jongen. David en William hebben gelijk. Je bent verplicht aangifte te doen bij de politie. Als je het niet doet en het komt later uit, dan kom je pas echt in moeilijkheden!

“Hoe zal dat aan het licht komen?”, antwoordde Narain koppig.

“Bijvoorbeeld, omdat al minstens tien mensen het van je gehoord hebben.”

Ulrich wees naar de groep die rond Narain stond.

“Dat betekent dat uiterlijk vanmiddag half Nickerie er over zal praten. Ik zou niet lang wachten om het de politie te vertellen! Bij voorkeur, voordat iemand anders het hen vertelt.”

De schoolbel ging en de leerlingen spoedden zich naar hun klaslokalen. Narain had niet gereageerd op de woorden van Ulrich, maar David zag aan zijn gezicht, dat hij naar de politie zou gaan. En hij had het bij het rechte eind: Twee dagen later kwam meneer Varenbrink weer vrij.

David's gedachten waren na de pauze de hele tijd bij Lia's dood. Aan de ene kant was hij opgelucht, dat meneer Varenbrink zou worden vrijgelaten zonder dat hij problemen kreeg, wat inderdaad twee dagen later gebeurde. Aan de andere kant voelde hij een diepe droefheid en kon zich niet op de les concentreren. Hij had het geluk, dat tot het einde van de lessen geen enkele leraar hem een vraag stelde. Toen de schoolbel het einde van de schooldag aangaf, verliet hij, die gewoonlijk een van de vlotste was, langzaam en treurig het klaslokaal. Het schoolplein was leeg en verlaten en hij was de laatste die zijn fiets pakte. Hij bond zijn schooltas op de bagagedrager en stak in gedachten verzonken het schoolplein over. Toen hij op de straat stond, stapte hij op en fietste langzaam naar huis. Na een paar honderd meter haalde hij Sandra in, die te voet ging. Hij remde en stapte af. Ze keurde hem geen blik waardig en stapte parmantig verder.

"Sandra, je kunt met mij meerijden."

Ze deed alsof ze hem niet had gehoord.

Hij zei luid en met nadruk: "Sandra, doe niet zo kinderachtig! Stop toch even. Je kunt bij mij achterop zitten."

Dat hielp. Sandra bleef inderdaad staan. Maar ze keek hem met fonkelende ogen aan en zei: "Nee bedankt. Ik loop liever!"

"Maar waarom?", vroeg hij, hoewel hij het antwoord wist.

"Dat vraag je aan mij?", siste ze, "Waar ben je al die tijd geweest? Geen blik heb je in mijn richting geworpen. ´Geen woord heb je tegen mij gezegd. Je hebt me volledig genegeerd. En dat is al weken zo."

"Ja, het spijt me", probeerde David de situatie te redden, "Ik weet ook niet waarom dat zo gelopen is. Maar nu ... spring toch op."

Hij maakte zijn schooltas al los van de bagagedrager.

"Die kan je daar laten", zei ze.

Haar stem klonk iets rustiger, maar vastberaden.

“Maar waarom ...”

“Omdat ik geen zin heb om met je te praten en jouw zinnen over kunst en psychologie aan te horen.”

“Psychologie?”, vroeg David zich af, maar Sandra ging door.

“Bovendien ben je een slapjanus. De laatste keer dat je me naar huis wilde brengen, kreeg je maar de helft voor elkaar. Daarna deden je beentjes zo’n pijn, dat je niet meer verder kon! Al vergeten? Nee, ik heb je niet nodig. Ik heb iemand nodig die betrouwbaar is. Alsjeblieft, laat me met rust!”

Bij de laatste woorden draaide ze zich om, liep verder en liet David versteld staan. Hij voelde zich gekwetst. Ze had hem ten onrechte beschuldigd. Dat ‘maar de helft voor elkaar’ was in ieder geval niet waar. Ze waren toen bijna bij haar huis en hij had haar aangeboden te blijven zitten terwijl hij de fiets duwde. Dat had ze afgewezen! Maar het was waar, dat zijn benen plotseling niet meer wilden. Daarover en over de blaffende honden die plotseling verschenen, en ook plotseling weer verdwenen, had hij nagedacht. Hij had er met Lia over willen praten. Ze wist zoveel over zoveel dingen. Misschien had ze er wel een verklaring voor gehad. Nu kon hij het haar niet meer vragen. Wat jammer dat hij het steeds uitgesteld had.

Hij bond zijn schooltas weer op de bagagedrager, stapte op en reed weg. Hij zag Sandra een stukje verder lopen. Om haar niet te hoeven inhalen, sloeg hij bij de eerste hoek af en nam een andere weg naar huis.

28. De arrestatie

DEZE VRIJDAG ZOU DAVID ZICH NOG LANG KUNNEN HERinneren. De klas wachtte gespannen op het luiden van de oude schoolbel, die ieder ogenblik het einde van het laatste uur en dus het begin van het weekend zou aankondigen. Hij keek er deze keer erg naar uit omdat hij voor het middageten was uitgenodigd bij zijn vriend Han. De vader van Han was de schooldirecteur en in alles heel precies, vooral in de regels van de etiquette. Geen wonder dat iedereen veel ontzag voor hem had, zowel binnen als buiten de school. Tante Jannie, de moeder van Han, was zijn tegendeel: ze was heel beminnelijk en zacht.

Daar ging de bel en door het lawaai van de leerlingen die haastig opstonden, was de lerares nauwelijks te horen toen ze naar de leerlingen riep: "Denk eraan dat er volgende week een proefwerk is over de behandelde stof!"

David had ook haast om zijn spullen in zijn schooltas te stoppen, want hij wilde niet te laat komen voor het eten. Niet bij Hans vader! Hij wist dat de klas van Han op vrijdag een uur eerder eindigde en ging ervan uit dat de familie al op hem wachtte. Maar op de korte weg daarheen besefte hij dat hij zich voor niets had gehaast. Een schooldirecteur ging op vrijdag als allerlaatste naar huis. Misschien niet alle schooldirecteuren, maar deze zeker!

Toen David zijn fiets over de brug duwde naar het huis waar Han woonde, werd hij begroet door de twee honden van Han. Ze liepen met hem mee over het terras, door de wijd openstaande brede vleugeldeur naar de woonkamer.

"Hallo tante Jannie", zei hij ter begroeting.

Tante Jannie zat op de bank. Han zat naast haar. Ze keken allebei heel ernstig en hij voelde dat er iets mis was. Tante Jannie stond op. Ze kwam naar hem toe en hij zag een spoor van tranen in haar ogen, die ze niet had weten te onderdrukken.

Ze omhelsde hem en zuchtte: "Jongen, je moet onmiddellijk naar huis. Je moeder heeft gebeld. Er is iets ergs gebeurd."

David staarde haar met een van schrik en ontzetting geopende mond aan. Hij wachtte af of ze nog iets zou zeggen, maar ze liet hem los, draaide hem om en liep met hem de deur uit.

"Wat is er gebeurd?", vroeg hij, maar kreeg geen antwoord.

David bond zijn schooltas op de bagagedrager vast en liep met de zijn fiets de brug over, de weg op, stapte op en reed weg. Verward en bezorgd vergat hij tante Jannie gedag te zwaaien.

Hij was drie straten verder en vroeg zich nog steeds af wat er gebeurd kon zijn, toen hij door een luide stem uit zijn gedachten werd opgeschrikt.

"Hé, jij moordenaar! Jij witte moordenaarszoon!"

Zo nu en dan reageerden de inheemsen hun frustratie en onmacht af met spot en scheldpartijen, dat was niet zo ongebruikelijk. Maar zonder reden 'moordenaarszoon' genoemd worden was nieuw! David besteedde geen verdere aandacht aan het geschreeuw. Er was maar één vraag die hem bezig hield: Wat was er gebeurd dat hij plotseling naar huis moest komen?

Toen hij thuiskwam, parkeerde hij zijn fiets, rende het huis in, sprong de trap op en stormde de woonkamer in. Zijn moeder zat aan de tafel en stond op toen ze hem zag. Ze huilde en David wist meteen dat er iets vreselijks moest zijn gebeurd. Zijn moeder was een sterke vrouw; hij had haar nog nooit zien huilen. Ze leidde het huishouden, was de baas van het naastgelegen tankstation en jarenlang was ze voorzitter van de Vereniging voor Dierenbescherming, waarvan ze medeoprichter was. Ze was een bekwame zakenvrouw, maar nu zag ze er klein, moe en kwetsbaar uit.

"Wat is er aan de hand?"

"Je vader ...", zuchtte ze diep.

"Ja, wat is er met pa?"

“De politie was hier en …”

Ze drukte hem tegen zich aan en begon luid te snikken.

“Vertel op, mama. Wat is er dan gebeurd? Waarom was de politie hier?”

Ze kalmeerde een beetje.

“Ze hebben hem gearresteerd en naar het bureau gebracht.”

“Gearresteerd? Naar het bureau gebracht? Maar waarom? Ze moeten toch zeggen waarom ze iemand arresteren.”

“Ja, dat hebben ze ook!”

En ze begon weer luider te huilen.

“Wat hebben ze dan gezegd? Waarom hebben ze hem meegenomen?”

Tussen twee huilbuien door fluisterde ze, alsof ze bang was, dat iemand het kon horen.

“Ze verdenken hem ervan mevrouw Varenbrink te hebben vermoord.”

En toen werd haar huilen weer luider.

Zonder het te willen ging zijn mond open van verbazing en opluchting. Zijn vader zou mevrouw Varenbrink hebben vermoord? Nee, dat was onmogelijk! Dat kon niet kloppen. Er viel een pak van zijn hart.

“Ma, kalmeer alsjeblieft en hou op met huilen. Dat moet een misverstand zijn. Pa is toch geen moordenaar!”

Zijn moeder keek hem met tranen in haar ogen aan en een vervormde stem zei ze: “Ja, dat weet ik ook. Hij kan geen vlieg kwaad doen, laat staan een mens. Maar …”

Ze begon weer te huilen. Toen snikte ze een paar keer.

“Maar het staat vast dat hij een affaire met haar had!”

“Dat is beslist een vergissing! Dat had iemand toch allang gemerkt en het rondgebazuind! In Nickerie blijven dat soort dingen niet lang geheim.”

“Daar ben ik niet zeker van. Van het havengebouw is het een steenworp naar haar. Hij kan over het voorland, langs de rivieroever, naar haar gegaan zijn. Daar valt hij nauwelijks op.”

Ze zweeg, zuchtte diep en keek hem strak aan.

“Je mag er met niemand over praten, vooral niet met je kleine zus. Beloof me dat.”

David beloofde het en zijn moeder droogde haar tranen met een verfrommelde zakdoek.

“Ik heb toch met mijn eigen ogen gezien, dat hij over het voorland in haar richting is gegaan. Ik dacht er niets bij. Maar nu ik er op terugkijk, herinner ik me dat ik mij erover verwonderd heb. Vooral, omdat hij ervoor zorgde dat niemand hem kon zien.”

“Maar wie zegt dat hij naar haar toe is gegaan?”

David probeerde haar te kalmeren en ging verder.

“Ik geloof dat niet! Bovendien: je bent al ruim twintig jaar met hem getrouwd. Dat zou je vast wel aan hem hebben gemerkt.”

“Ik weet het niet. Alles is zo merkwaardig en eigenaardig. Eerst is Lia, eh, mevrouw Varenbrink, bedoel ik, plotseling dood. En ze zeggen dat ze vermoord is. Dan wordt haar man wegens moord op haar gearresteerd. En iedereen in Nickerie is ervan overtuigd dat hij het was. Ook je vader en ik twijfelden er niet aan. Maar dan komen plotseling deze visser en zijn zoon en beweren, dat ze haar nog levend gezien hebben, nadat hij in zijn ratelende Volkswagen weggereden was. Dus kan hij het niet geweest zijn. Als de vissers tenminste de waarheid gezegd hebben.”

“Natuurlijk hebben ze de waarheid gezegd! Waarom zouden ze een gevangenisstraf riskeren, als ze betrapt worden op het afleggen van valse verklaringen? Waarom zouden ze dit risico op zich nemen voor een *bakra* die ze helemaal niet kennen?”

David’s moeder haalde haar schouders op.

“Ik weet het echt niet. Maar als ik erover nadenk, vertrouw ik het zaakje niet! De visser is een neef van een van de politieagenten die papa hebben meegenomen. En het was dezelfde agent, die door papa een aanklacht wegens mishandeling van een dronkaard kreeg."

"Een dronkaard? Welke dronkaard? Was het Mherilal? Wat heeft hij ermee te maken?"

"Nee, dat was Mherilal niet. Ongeveer een jaar geleden kwam een dronken man wankelend het havengebouw binnen en sliep zijn roes uit op een stapel rijstzakken. Papa belde de politie en de twee politieagenten heben de man bevolen om met hen mee te gaan. Toen hij helemaal niet reageerde – hoe kon hij ook, hij was stomdronken – heeft elk van hen hem aan een voet gepakt en hem gewoon weggesleept. Hij viel met zijn rug en hoofd op de stenen vloer en ze trokken hem, liggend op zijn rug, naar buiten tussen de ezelkarren door die daar geparkeerd stonden, naar de politieauto. Dwars door stof, vuil en ezeldrollen. Een bloedspoor liet zien welke weg ze hadden genomen. Papa was woedend, maar wilde geen klacht indienen. Hij is geen held en wilde geen moeilijkheden met ambtenaren, en helemaal niet met de politie. Maar enige tijd later vertelde je vader het incident in de kennissenkring in het zwembad. De hoofdinspecteur, die vlakbij stond, hoorde het toevallig. Hij nam de zaak zeer serieus op en riep de twee betrokkenen in zijn kantoor. Op de een of andere manier kwamen ze erachter dat papa had geklikt en zonnen toen op wraak. Dat is de enige reden waarom ze hem nu hebben gearresteerd en anderen daartoe ophitsen om te beweren dat ze papa op de bewuste dag in de buurt van Varenbrinks hebben gezien."

"En jij denkt dat de vissers hebben gelogen toen ze meneer Varenbrink ontlastten?"

"Ja, ik denk van wel! Maar ik kan het niet bewijzen. Daarom heb ik oom Flik uit Paramaribo om hulp gevraagd. Hij komt misschien morgen al met het vliegtuig. Hij is de enige die ons kan redden."

Oom Flik, een oude vriend van zijn moeder, was advocaat in Paramaribo. Hij was erg gehaaid en erg populair bij degenen die hij verdedigde. En zeer gevreesd door alle anderen.

Maar David had sterke twijfels dat het oom Flik zou lukken de onschuld van zijn vader te bewijzen zonder hem, David, in problemen te brengen. Maar hij wist ook geen betere oplossing. In het ergste geval zou zijn liefdesrelatie met Lia aan het licht moeten komen, als dat nodig was om zijn vader te redden.

Zijn moeder haalde hem uit zijn gedachten.

"Voordat we aan tafel gaan, moet je snel papa's eten naar het bureau brengen. Coba heeft alles al in de keuken klaargezet. Neem ook een flesje bier voor hem mee. Oh ja, voordat ik het vergeet: hij zit opgesloten op het politiebureau, niet in de gewone gevangenis."

David laadde de twee op elkaar liggende borden, die met een theedoek waren samengebonden, en een biertje uit de koelkast in een mandje en fietste naar de politie. Hij werd overspoeld door vreemde gevoelens. Hij, die altijd door zijn ouders – vooral zijn moeder – als kind behandeld werd, raakte plotseling verwikkeld in een gesprek dat tot voor kort onmogelijk was geweest. Maar, zo concludeerde hij, extreme situaties brengen extreme veranderingen met zich mee.

29. De toneelspeler

"WAT WIL JE?", BLAFTE DE DIENSTDOENDE POLITIEAGENT hem toe. David realiseerde zich dat het de politieman van de motor was, die voor hen reed, toen ze vanaf de zeedijk terug naar huis gingen. Hij begreep meteen dat dit de kerel was waar zijn moeder net over gesproken had.

"Ik breng eten voor mijn vader", legde David uit, en wees naar de mand.

"O ja. Voor de moordenaar!", riep hij luid terwijl hij de mand uit David's handen trok. "Dan moet ik controleren of er geen wapen in verborgen zit."

Hij haalde de borden eruit, zette ze op tafel en maakte de knoop van de theedoek los. Toen pakte hij het bovenste bord, draaide het om en zette het neer. Hij keek kritisch naar het eten op het bord toen de deur openging en een tweede politieagent binnenkwam.

"Hier is de aflossing", zei hij vriendelijk tegen zijn collega, "je kunt nu gaan eten."

"Prima, maar controleer dit eten zorgvuldig. En het bier mag niet afgegeven worden. Wij zijn hier geen hotel. Wat denkt deze moordenaar wel!"

Toen hij weg was, wendde de vriendelijke politieagent zich tot David.

"Wees voorzichtig met hem. Dat is een klootzak. Maar helaas heeft hij gelijk wat het bier betreft. Je mag geen alcohol naar je vader brengen. Maar breng het bord zelf naar hem toe, dan kun je kort met hem praten. Dat zal hem goed doen."

Hij opende de deur van de kamer waar Davids vader op een stoel aan een klein tafeltje zat en David ging naar binnen.

"Hallo, Pa."

"Hallo jongen."

Ze omhelsden elkaar. Zijn vader was geen man van veel woorden. Meestal was hij stil en kalm, ook nu. David bleef er tot zijn vader klaar was met eten. Het enige woord dat werd gesproken was 'Bedankt', toen de vriendelijke politieman een glas water naar binnen bracht.

David dacht erover na of hij het aandurfde, zijn vader naar zijn relatie met Lia te vragen. Hij was erg geïnteresseerd, maar hij durfde niet. Het feit, dat zijn moeder plotseling met hem sprak over een 'taboe-onderwerp' veranderde niet veel aan zijn onzekerheid. Maar toen herinnerde hij zich een gesprek met Lia. En plotseling wist hij: je moet ook met je ouders over moeilijke onderwerpen praten. Je kunt het tenminste proberen. En hij verbrak de stilte.

Met zachte stem, zodat hij buiten de kamer niet gehoord kon worden, zei hij: "Pa, ma denkt niet dat je mevrouw Varenbrink hebt vermoord, maar ze is er wel van overtuigd dat je iets met haar had."

"Zo", antwoordde zijn vader, ook met gedempte stem, "hoe is ze daarop gekomen?"

"Ma beweert dat ze je ooit over het voorland in de richting van de Varenbrinks heeft zien gaan. Ze dacht er niets bij. Maar toen de politie beweerde dat je een relatie had met mevrouw Varenbrink, herinnerde ze zich het weer. Je zou om je heen hebben gekeken om er zeker van te zijn dat niemand je zag. En je zou omzichtig hebben gelopen om niet ontdekt te worden."

Hij keek zijn vader in het gezicht: "Wat is er waar aan deze bewering? Had je wat met mevrouw Varenbrink?"

Zijn vader had een gepijnigde uitdrukking op zijn gezicht, en David voelde, dat hij nu op het punt stond te bekennen dat hij werkelijk iets met Lia had.

Hij voelde zich ellendig en dacht: "Lia, hoe kun je zoiets doen! Hoe kun je met mij naar bed gaan en tegelijkertijd met mijn vader? Wat hebben al je woorden, die ik in me opgezogen heb, nog te betekenen?"

Hij voelde zich verdrietig, verraden en boos, maar de woorden van zijn vader verrasten hem.

"David, het is totaal anders dan je moeder denkt. Je weet dat we binnen de familie niet graag over bepaalde dingen praten. En ik ben sowieso niet zo'n prater. Bij ons thuis is mama het meest aan het woord. Maar we bevinden ons nu in een buitengewone situatie en ik moet uit mijn eigen huid kruipen. Dus ik zal je opbiechten hoe het was. Ja, ik ben verschillende keren over het voorland in die richting gegaan. Totdat ik het zeker wist."

"Zeker wist? Wat wist je dan zeker?"

"O David, dit is iets dat tussen ons moet blijven. Je moeder mag er nooit achter komen. Beloof je mij dat?"

"Eh, eh, ja", stotterde hij aarzelend, maar voor David's vader was dat genoeg.

"Het heeft met jou te maken."

"Met mij?"

"Ja, ik had paar keer van mijn werk uit gezien, dat je over het voorland bent gegaan, en wel net zo onopvallend als je moeder dat bij mij had zien doen. Op een gegeven moment werd ik nieuwsgierig naar wat je daar deed, en ik ben je gevolgd. De eerste keer was je al verdwenen toen ik bij de vliegerplaats kwam. En ook de tweede keer. Maar de derde keer zag ik dat je de trap bij de Varenbrinks opliep en zonder kloppen naar binnen ging. Ik wist toen dat je een affaire had met mevrouw Varenbrink. Ik was eerst geschokt. Je was pas zestien en zij had je moeder kunnen zijn ..."

David was erg geschrokken dat zijn relatie met Lia toch niet zo geheim bleek te zijn. Hij was blij dat zijn vader het voor zichzelf had gehouden, maar hij verwonderde zich daarover.

"Waarom heb je het voor jezelf gehouden en mij niet verraden?"

“Er zijn twee redenen. De eerste is een praktische, namelijk om je moeder deze schaamte te besparen. Want ze zou het een schande vinden en uit haar vel springen. Kun je je voorstellen hoe ze zou hebben gereageerd?”

Zijn vader gaf hem, nog steeds met gedempte stem zodat de politieagent in de kamer ernaast hem niet hoorde, er een kleine demonstratie van:

Hoe kun je zoiets doen?
Je brengt schande over je vader en mij.
Hoe kan ik de mensen nog onder de ogen komen?
Vooral die van de dierenbescherming en de zwemclub.
Ze zullen mij aankijken en misschien niets zeggen.
Maar denken, dat zullen ze wel!
O, ik kan dit niet verdragen.
En deze vrouw!
Kent ze helemaal geen schaamte?
Geen fatsoen?
Zoiets doet men toch niet!
Ze moet geweten hebben wat ze haar man daarmee aandeed.
En jij!
Jij speelt schaak met hem.
Hij was altijd aardig tegen je.
Nam je mee naar de schaakavond.
Je bent elke week in zijn auto gestapt alsof er niets was.
Hoe kun je zo laag zinken?
En zij!
Ze had zeker nog andere minnaars.
Ik ken zulke vrouwen!
Die krijgen nooit genoeg.
En dan verleiden ze tieners!
Heb je ooit nagedacht over de ziektes die je van zulke vrouwen

kunt krijgen? …

"Ziektes?", onderbrak David zijn vader, meer verbaasd dan geschrokken.

"Ja, ziektes!", bevestigde zijn vader. "Natuurlijk heb je daar niet aan gedacht. Niemand heeft je verteld, dat je bij seks ziek kan worden. Niemand had gedacht dat je zo jong een seksuele relatie zou aangaan. Een geslachtsziekte kan tijdens seks worden overgedragen als deze ziekte in de partner sluimert."

"O God", zei David, en zijn vader beëindigde de voorstelling met de slotakte:

Waarom was je zo stom om hier in te trappen?
Hebben wij, je vader en ik, er niet alles aan gedaan om je op het rechte pad te houden?
Wat zouden de mensen over mij zeggen als ik met een tiener in bed ga liggen?

Hij wendde zich tot David.

"Zie je wat ik bedoel? Ze zou een verschrikkelijke ophef hebben gemaakt."

"Dat klopt", bevestigde David lichtjes grijnzend. Hij vond dat er in zijn vader een acteur verloren was gegaan.

"Ja, ze zou echt zo'n theater hebben gemaakt! En wat is de tweede reden?"

Zijn vader lachte even.

"Je hebt beloofd het tussen ons te houden, dus ik kan het je vertellen. Toen ik zo oud was als jij nu, woonden mijn ouders in een groot huis in Amsterdam. We hadden een dienstmeisje dat een kamertje op zolder had. Ze was midden twintig en na verloop van tijd kwamen we nader tot elkaar. Het begon met liefkozingen en kusjes. Op een dag maakten we van de gelegenheid gebruik, toen er geen anderen in huis waren, en hebben met elkaar geslapen. Ik vond het geweldig. En we wilden allebei meer. Maar een paar weken later, toen ik van school thuiskwam, was ze weg. Ik heb haar nooit meer gezien of iets van haar gehoord. Later besefte ik dat mijn moeder erachter was gekomen en haar op staande voet had ontslagen. Ik voelde me schuldig dat ze door mij haar baan was kwijtgeraakt. Maar ik was mijn moeder erg dankbaar dat ze het nooit aan mijn vader verteld heeft. Want dan zwaaide er wat voor mij!"

"Aha", zei David met een grijns, "dus ik heb het aan oma te danken dat je mij niet hebt verraden."

Zijn vader pakte zijn hand.

"Je hebt toch niets met haar dood te maken, hè?"

"Nee! Natuurlijk niet! Toen meneer Varenbrink thuiskwam in zijn lawaai producerende Volkswagen, ben ik op het voorland gevlucht. Toen hij weer weg was zwaaide ze dat ik terug kon komen. Maar toen ik haar tuin binnenkwam, lag ze dood onder aan de trap."

Met ontzetting in zijn ogen kneep Davids vader hem stevig in zijn hand.

"Wat! Heb je haar daar dood gevonden? Wat moet dat vreselijk voor je zijn geweest!"

David knikte zwijgend.

"Hoe was het tussen jullie? Hield je van haar? Of was het alleen maar vanwege de seks?"

"O nee! Wij hielden van elkaar. Ze heeft mijn leven een nieuwe betekenis en een andere richting gegeven."

David kon zijn tranen niet bedwingen. Zijn vader omhelsde hem en zijn stem klonk ernstig en liefdevol.

"Ik wens je veel sterkte. Ik weet wat je doormaakt. Wees moedig."

Op dat moment opende de politieagent de deur en meldde: "Het is tijd om afscheid te nemen."

Hij liep met David naar buiten en troostte hem: "Je hoeft niet te huilen. Het is beslist een vergissing. Zodra dit is opgelost, wordt je vader weer vrijgelaten!”

Dankbaar voor deze woorden, opgelucht maar met duizenden gedachten in zijn hoofd fietste David met twee lege borden, een volle fles bier en een opgevouwen theedoek in de mand terug naar huis.

30. De commissaris

TOEN DAVID DE VOLGENDE MAANDAG BIJ DE SCHOOL AANkwam, stonden er al enkele leerlingen bij de ingang op hem te wachten.

"Is het waar dat je vader in de gevangenis zit?", wilde een van hen weten.

"Wat heeft hij gedaan?", vroeg een tweede. "Ze zeggen dat hij mevrouw Varenbrink heeft vermoord. Maar dat klopt toch niet, hè?"

David had geen zin in zulke discussies en liep, met zijn fiets naast hem, zwijgend langs hen heen.

"Zie je wel", klonk een stem, "Deze *bakras* denken dat ze alles mogen."

David was blij toen de les eindelijk begon. De leraar kwam naar binnen gemarcheerd, keek doordringend in zijn richting maar zei niets.

Tijdens de pauze hoorde hij een paar medescholieren bespreken, hoe jammer het toch was, dat er geen doodstraf bestond voor moordenaars.

Maar de meeste hielden zich erbuiten en gaven geen commentaar. Alleen William en Ulrich probeerden hem op te vrolijken. Maar dat hielp niet. Hij bleef in zijn piekermodus hangen. Lia had hem op andere gedachten kunnen brengen. Maar Lia was dood. En dat was de reden dat zijn vader was gearresteerd. Sandra had hem misschien kunnen troosten in deze moeilijke dagen. Maar ze had geen woord tegen hem gezegd. Hem niet eens aangekeken. Hij dacht dat het haar speet dat zij zijn aanbod om haar naar huis te brengen hooghartig had afgewezen en hem belachelijk had gemaakt.

Waarschijnlijk was het geen spijt, maar nog steeds de woede

omdat hij haar had afgewezen en daardoor gekwetst. Hij slikte en had medelijden met haar en vooral met zichzelf.

Toen hij thuis kwam trof hij zijn moeder in de woonkamer aan, in gesprek met een *bakra* die hij nog nooit eerder had gezien. Zijn moeder wenkte hem.

“Dit is de heer Kramers. Hij was commissaris bij de Amsterdamse afdeling Moordzaken en is sinds een jaar in Paramaribo. Oom Flik heeft hem gestuurd omdat hij zelf niet kon komen.”

De commissaris stond op, haalde de sigaar uit zijn mond en schudde David de hand.

“Je vader komt binnenkort vrij, daar twijfel ik geen moment aan!”

“Hoe dan?”, vroeg David verbaasd en opgelucht tegelijk. “We kunnen toch niet bewijzen dat hij het niet heeft gedaan.”

“Dat”, antwoordde de commissaris, “is het mooie van een rechtsstaat. Een verdachte hoeft nooit te bewijzen dat hij onschuldig is. De politie moet bewijzen dat hij schuldig is. Vanochtend heb ik al met de politieinspecteur en de districtscommissaris gesproken. Het is duidelijk geworden dat er geen enkele aanwijzing voor is, dat je vader er iets mee te maken heeft. De heren willen dit nog niet toegeven. En dat kan ik ook wel een beetje begrijpen. Ze willen niet de indruk wekken dat men Hollanders sneller laat lopen dan de lokale bevolking. Maar ik ga hen het vuur na aan de schenen leggen. Ik heb van het Ministerie van Justitie in Paramaribo toestemming gekregen om de zaak zelfstandig te onderzoeken …”

“Ja”, legde de moeder van David uit, “Oom Flik heeft dat snel geregeld. Hij is bevriend met de minister van Justitie.”

Intussen had meneer Kramers een grote zakdoek tevoorschijn gehaald en veegde het zweet van zijn voorhoofd.

“Dat is correct. Maar de mensen bij het Ministerie van Justitie hebben veel vertrouwen in mij, omdat ik al een aantal lastige zaken voor ze opgelost heb. Je oom kon, doordat hij hem kende, de minister direct bereiken. Dat was mij niet zo snel gelukt. Ik heb trouwens een kopie van het autopsierapport van de lokale politie gekregen. Het is zeker dat ze een minnaar op bezoek had, want vlak voordat ze stierf had ze geslachtsgemeenschap."

"Maar dat kon toch haar eigen echtgenoot geweest zijn. Hij was daar voordat ze stierf", wierp David's moeder tegen.

"Hij toch niet, hij is impotent!", ontglipte het David. Hij schrok omdat hij zijn mond had voorbij gepraat.

"Hoe weet jij dat nu weer?", was de reactie van zijn moeder.

"O, daar gaan geruchten over op school en bij tafelvoetbal", probeerde David zich eruit te redden.

Maar het enige wat ze zei was: "Ze moeten zich schamen om zoiets te zeggen."

Toen ze er niet verder op inging, slaakte hij een zucht van verlichting.

Meneer Kramers nam een slok van het bier dat voor hem op de salontafel stond, veegde weer het zweet van zijn voorhoofd en wendde zich tot David.

"Ik ga al vanmiddag na het eten beginnen om de plaats van het misdrijf te onderzoeken. Omdat ik geen *Sranan* beheers, zoek ik iemand die, indien nodig, voor mij vertaalt. Ik heb er met je moeder over gesproken en zij is het ermee eens dat jij dat doet."

"Ja, dat klopt", zei zijn moeder, "maar alleen als je huiswerk het toelaat."

"We hebben nauwelijks iets op voor morgen", loog David want deze kans wilde hij niet missen.

"Afgesproken!"

De commissaris knikte tevreden.

"Om half drie in het Gouvernementshotel. Dat is precies tegenover de plaats van het misdrijf."

David kende het Gouvernementshotel, dat deze naam droeg omdat het het enige hotel in Nickerie was, dat representatief genoeg was, om hoge ambtenaren, rechters en advocaten te herbergen, als zij zittingen in Nickerie hadden. Het was een prachtig houten gebouw dat volledig op de karakteristieke hoge palen gebouwd was. Een drie meter brede houten trap leidde naar de ingang.

Kort voor half drie wilde David vertrekken, maar zijn moeder riep streng: "Je gaat niet op slippers naar de commissaris! Trek je schoolschoenen aan."

"O ma", wierp David tegen, "moet dat echt?"

Mevrouw Bos bleef erbij en op de afgesproken tijd verscheen David met schoolschoenen bij meneer Kramers. De commissaris begroette hem, schudde hem hartelijk de hand en zei: "Mooi, dat je op tijd bent. In dit land is dat niet vanzelfsprekend."

Hij had een kleine koffer met spullen bij zich, die hij aan David overhandigde. Voordat ze op pad gingen haalde de commissaris een verse sigaar uit zijn zak, die hij zorgvuldig aanstak. Toen staken ze de straat over, gingen over de brug en liepen de oprit van de Varenbrinks op.

"Het is eigenlijk ongelooflijk", klaagde de commissaris hoofdschuddend en blies een grote rookwolk de lucht in. "Ze hebben, afgezien van het lijk, werkelijk niets, maar dan ook helemaal niets ontdekt. In ieder geval is er niets in het rapport opgetekend."

Hij zwaaide met een paar aan elkaar geniete blaadjes en een nieuwe rookwolk steeg op.

"Zo, waar is het achterbalkon?", zei hij, meer tegen zichzelf dan tegen David.

"Daar!"

David wees hem de weg.

"Wat! Jij weet hier de weg? Was je hier al eerder?"

"Nee, eh ja ..."

"'Nee Ja'? Wat nu?!"

"Vroeger, voordat de Varenbrinks hier kwamen wonen, woonde er in dit huis, een gezin met vier kinderen. Met twee van hen was ik erg bevriend en we speelden hier bijna elke dag. Daarom ken ik de tuin en ook het huis met z'n kamers."

"Begrepen", bromde de commissaris, "Ik dacht even dat je hier nog niet zo lang geleden was. Nou, we zijn er. Laten we eens even kijken."

Hij hurkte neer bij de plek waar Lia had gelegen en haalde een vergrootglas tevoorschijn. David voelde zich bijna duizelig worden, toen hij in gedachte weer Lia's levenloze lichaam voor zich zag liggen. Met bloed op haar kiel, dat hij daar per ongeluk had achtergelaten en vliegen die rond haar hoofd zwermden. Hij moest tegen de tranen vechten en als door een nevel zag hij hoe de commissaris een plek heel aandachtig bekeek.

"Ja, dat is bloed", zei de commissaris, opnieuw meer tegen zichzelf dan tegen David.

Hij stond op en schudde aan de leuning van de trap.

"Die is stabiel", zei hij en liep langzaam de trap op, waarbij hij elke tree met zijn gewicht testte. Hij bekeek kritisch elke centimeter van de leuning.

"De trap is in orde. Daar valt niets te ontdekken", riep hij toen hij boven aangekomen was.

Hij haalde opnieuw het vergrootglas uit zijn zak en onderzocht de deurklink. Het viel David op dat er grote zweetvlekken in de oksels van zijn kaki overhemd ontstonden.

"Nog een *bakra* die niet tegen de hitte kan!", dacht hij met een grijns.

Op dat moment riep de commissaris opgewonden: "O, wat hebben we hier? Kijk es even, hier is ook bloed!"

Hij bladerde snel door het rapport en riep triomfantelijk: "Ja, ik wist het wel, deze blinden hebben geen bloed aan de deur ontdekt!“

David voelde paniek in zich opkomen. Dat was Lia's bloed dat aan zijn hand zat toen hij het huis binnenging om zijn bril te halen. Toen hij wegging, had hij de deur achter zich gesloten.

En toen hoorde hij de commissaris verbaasd zeggen, en het duurde een tijdje voordat hij dat begreep wat deze woorden betekenden: “En er zit ook een vingerafdruk in het bloed. Jongen, we hebben de dader! Als het niet de vingerafdruk van je vader is, wordt hij nog vandaag vrijgelaten.”

Terwijl David nog steeds door angst verlamd was, hoorde hij hoe de commissaris commandeerde: “Kom naar boven, alsjeblieft. Ik heb je hier nodig!“

Toen hij boven was, stopte de commissaris de brandende sigaar in zijn hand en zei: “Kun je deze voor me vasthouden terwijl ik hier foto's maak?”

David nam de sigaar aan en keek verbijsterd toe hoe de commissaris een camera uit zijn koffer haalde, er een flitslicht op monteerde, de lens wisselde en verschillende foto's van *zijn* vingerafdruk nam. Hij kon niet echt blij zijn, dat zijn vader, die sinds zijn arrestatie op vrijdag al het hele weekend opgesloten was, zou worden vrijgelaten. Wat, als de commissaris erachter zou komen dat het zijn, Davids, vingerafdruk was? Dan zou niet alleen zijn liefdesrelatie met Lia aan het licht komen, maar men zou hem ook als de dader beschouwen. Misschien zou het goed zijn om nu aan de commissaris te bekennen dat het zijn vingerafdruk was, die daar in het bloed was vereeuwigd.

“Mijn sigaar alsjeblieft”, haalde de commissaris hem abrupt uit zijn gedachten, “Is er hier een goede fotograaf?”

“Ja”, antwoordde David, die weer enigszins normaal was. “Singh, aan de Kanaalstraat.”

“Prima”, zei de commissaris. “Maar we gaan eerst naar het politiebureau. Ik moet de vingerafdrukken van je vader fotograferen.”

Ze gingen terug naar David's huis, waar David tot zijn ontzetting vaststelde dat ook hij nu erg zweette. De commissaris nam dankbaar een koud biertje aan en David maakte van de gelegenheid gebruik zich op te frissen en een ander hemd aan te trekken. Zijn moeder bracht hen naar het politiebureau en vervolgens naar de fotograaf. Terwijl zij in de auto wachtte, gingen hij en de commissaris naar binnen. David vertaalde het verzoek van de commissaris om zo snel mogelijker een vergroting van achttien bij vierentwintig van de foto's te maken. Uiterlijk om half zes zouden ze opgehaald worden.

Thuis besprak de commissaris de situatie met David en zijn moeder. Rond vijf uur belde hij met de politie-inspecteur en de districtscommissaris, met wie hij afsprak tussen half zes en zes uur op het politiebureau te zijn. Kort voor half zes haalden ze bij Singh de vergrotingen af en reden ermee naar het politiebureau.

David en zijn moeder mochten mee naar binnen. De commissaris legde de aanwezigen uit waar hij de cruciale vingerafdruk had gevonden en David keek versteend toe hoe de vergroting van zijn vingerafdruk op de tafel kwam. De commissaris legde vervolgens de vingerafdrukken van David's vader ernaast. In een betoog dat ongeveer een kwartier duurde, liet hij de verschillen met de afdruk van de dader zien. Uiteindelijk kreeg de vriendelijke politieagent, die zo aardig was geweest voor David, het bevel om meneer Bos uit zijn cel te bevrijden. Hij kwam een beetje verbluft de ruimte binnen, omdat hij er niet op gerekend had dat zijn vrijlating zo snel zou plaatsvinden. Toen zijn vrouw hem met tranen in haar ogen omhelsde, werden ook zijn ogen vochtig. Toen ze het bureau verlieten kwam de politieagent naar David toe, klopte hem op zijn schouder en zei: "Zie je wel. Ik heb je toch gezegd dat alles in orde komt."

Met z'n vieren reden ze naar huis, en ook David had tranen van vreugde in zijn ogen, hoewel hij zich grote zorgen maakte over de foto van zijn vingerafdruk. Die had de politie-inspecteur behouden om de echte dader te kunnen identificeren.

Toen de commissaris rond elf uur afscheid nam, leek het alsof er een gezellige avond aan z'n einde kwam. Er was bier en diverse borrels, en David's moeder had snel een paar snacks op tafel getoverd, die de commissaris zich goed liet smaken. Bovendien bood zijn vader hem ook een van zijn beste sigaren aan, die de commissaris dankbaar aanvaardde. In ruil daarvoor vertelde hij over zijn jarenlange ervaring als hoofd van de afdeling Moordzaken in Amsterdam en probeerde David ervan te overtuigen criminalist te worden.

Toen de commissaris afscheid had genomen, kwam het gesprek op de huidige gebeurtenissen, en zijn moeder zei tegen zijn vader: "Het spijt me zo dat ik dacht dat je me bedroog."

"Het is oké", bromde David's vader, terwijl hij even een blik wisselde met zijn zoon.

Zijn moeder sprak energiek verder.

"Maar deze vrouw! Ze heeft schande over zichzelf en haar man gebracht. Het is toch niet zijn schuld dat hij impotent is!"

Ze keek naar David.

"Jullie hadden gelijk. De arme man is inderdaad impotent, dat bevestigde de commissaris mij. Maar hoe komt het in haar op om simpelweg een minnaar te nemen? Ik heb altijd het vermoeden gehad dat er iets met haar aan de hand was. Ze nam nooit deel aan onze gesprekken alsof het saai voor haar was. Ja, nu is het duidelijk dat ze maar één ding in gedachten had. Ik vraag me af, hoeveel Nickeriaanse heren ze heeft ontvangen! O, wat ze haar man daarmee heeft aangedaan! Ik kan het niet geloven. Ik ben zo blij dat we er niets mee te maken hebben!"

Ze pakte de hand van haar man en hij knikte zonder iets te zeggen, terwijl hij weer naar David keek.

31. De vingerafdruk

TOEN DAVID DE VOLGENDE OCHTEND OP SCHOOL AANKWAM, stonden William en Ulrich al op hem te wachten.

"We hebben toch gezegd dat je je geen zorgen hoefde te maken. En je ziet het: alles is weer in orde. Hoe hebben jullie kunnen bewijzen dat het niet je vader was?"

"Niets is in orde", dacht David, "Ik zal worden gearresteerd zodra ze de vingerafdruk verder onderzoeken."

Hij wendde zich tot de twee jongens, die hem vol verwachting aankeken.

"De *bakra*-commissaris vond een vingerafdruk op de balkondeur. De dader moet na het misdrijf naar binnen zijn gegaan. De afdruk paste niet op die van mijn vader."

"Ja", zei Ulrich, "en ik heb gehoord dat de politieagenten geschorst zijn, omdat ze je vader zonder reden en zonder enige geldige verdenking hebben opgesloten. Ze zeggen dat het een wraakactie was. Maar wat heeft je vader ze gedaan?"

"Niets, werkelijk niets", zei David, en hij vertelde het verhaal met de dronkaard in het havengebouw. De twee jongens schudden ongelovig hun hoofd.

De volgende dag verspreidde zich op het schoolplein het nieuws dat alle mannen zich vóór het weekend bij het districtscommissariaat of op het politiebureau moesten melden om hun vingerafdrukken te laten nemen.

David's hart stond bijna stil toen hij dat hoorde. Dus nu zou het bekend worden! Hij vroeg zich af hoe de Nickerianen zouden reageren. De ouderen met afwijzing, de jongeren, vooral zijn klasgenoten, misschien meer met bewondering. Als ze hem maar niet uitlachten, omdat hij het met een – in hun ogen – oude vrouw had gedaan. Hij voelde zich ellendig en onzeker.

Toen hij na school thuiskwam, trof hij alleen maar zijn vader aan.

"Waar is ma?", vroeg hij verrast, omdat het ongebruikelijk was, dat zij om deze tijd niet thuis was. Zijn vader glimlachte en zei: "Ze brengt de commissaris naar het vliegveld."

'Vliegveld' was zwaar overdreven voor de kleine airstrip waar sinds een tijdje tweemaal per dag, behalve op zondag, een Cessna uit Paramaribo landde, met post en maximaal drie passagiers.

Zijn vader vervolgde: "Ze is net weggereden en je zus en Blackie zijn ook meegegaan. We eten iets later vandaag."

De twee gingen naar de woonkamer en gingen op de bank zitten.

Zijn vader keek hem onderzoekend aan en vroeg: "Waarom kijk je zo somber?"

"Ik ben bang", antwoordde David met een wanhopige stem. "Wat gebeurt er als ze erachter komen dat het mijn vingerafdruk is?"

"Jouw vingerafdruk? Wat bedoel je?", vroeg zijn vader verbaasd.

"De afdruk op de foto van de commissaris", legde David uit en vertelde hoe de commissaris bovenaan de trap een foto gemaakt had terwijl hij, David, naast hem staand, de sigaar vastgehouden had. Hij vervolgde met: "Dat was mijn vingerafdruk die ik op de deur heb achtergelaten, toen ik naar binnen ging nadat ik haar onderaan de trap vond. Het was haar bloed dat aan mijn vingers zat."

"O mijn God!", riep zijn vader ontzet uit: "Dat is erg!"

Hij wendde zich tot David en vervolgde: "Als je slim was geweest, had je daar bovenaan de trap, een beetje onhandig de vingerafdruk vernietigd, voordat hij hem kon fotograferen."

"Ja", zei David, "daar heb ik ook aan gedacht, maar pas toen het te laat was. Maar daarna bedacht ik, dat jij dan niet uit de gevangenis gekomen zou zijn, en ik was blij dat het zo gelopen is."

Zijn vader keek hem liefdevol en tegelijkertijd bezorgd aan en zei: "Dan komt toch nog je hele liefdesaffaire aan het licht. Misschien moeten we je onmiddellijk naar Holland sturen."

"De politie wil het toch nog dit weekend gecontroleerd hebben. Ik kan niet zo snel naar Holland vertrekken. Bovendien zou ma het daar nooit mee eens zijn. En ik leer momenteel voor het eindexamen."

"Jongen, maak je daarover geen zorgen! Wij melden je ziek, zodat jouw vingerafdrukken niet gecontroleerd kunnen worden. Je kunt ook het eindexamen in Holland afleggen. Desnoods kost het je een jaar, dat maakt niets uit. En je moeder zal zich erbij neer moeten leggen. Als ze er tegen is, gaat ze mijn Friese koppigheid leren kennen."

David keek zijn vader dankbaar aan. Deze klopte hem geruststellend op de schouder en herhaalde: "Maak je geen zorgen. Wij krijgen het voor elkaar!"

David was opgelucht. Hoewel hij er niet helemaal van overtuigd was dat alles goed afliep, deed het hem goed om te weten dat zijn vader een bondgenoot was.

Toen hij 's middags zijn vriend Han bezocht, wist diens vader meer details over onderzoek van de politie. Hij had zich meteen ter controle aangemeld en werd uiteraard ontlast. De politieinspecteur had hem wat meer details verteld: Noch David's vader, noch meneer Varenbrink hoefden te verschijnen omdat ze allebei al ontlast waren. En voorlopig werden alleen Hollandse mannen opgeroepen. Namelijk – en dat betekende een grote opluchting voor David – alleen mannen vanaf achttien jaar.

Toen deze vingerafdruk vergelijkingen niets opleverden, nam men ook de Niet-Hollanders die tot de kennissenkring van de vermoorde behoorden, onder de loep. Maar ook hier vanaf achttien jaar en natuurlijk was er hier ook geen treffer.

En hoewel veel stemmen beweerden dat het een kwaadaardige *wisiman* – een magiër – moest zijn geweest, die hier de hand in had en met een *wisi* – een bezwering – haar dood had veroorzaakt, raakte de zaak langzaam uit de aandacht van het publiek en de politie.

Het werd de meest spectaculaire onopgeloste misdaad in Nickerie, ja van heel Suriname!

32. Meneer Varenbrink

SINDS DE DOOD VAN ZIJN VROUW GING MENEER VARENBRINK niet meer naar de schaakavonden, zodat David er ook niet meer heen kon. Op een dag, toen hij van school naar huis fietste, haalde meneer Varenbrink hem in. David had hem niet gehoord omdat de uitlaat al lang geleden gerepareerd was. Meneer Varenbrink stopte en David stapte van de fiets.

"Het spijt me dat je niet meer naar de schaakavonden kunt komen. Maar begrijp alsjeblieft dat ik niet naar gezelschap verlang. Ik speel ook geen tafelvoetbal meer."

"Dat weet ik", antwoorde David.

"Voorlopig vervang ik u regelmatig bij het tafelvoetbal. En natuurlijk begrijp ik hoe u zich voelt. Maakt u zich over mij geen zorgen vanwege de schaakavonden. Dat is helemaal oké."

De heer Varenbrink knikte nadenkend.

"Het is niet dat ik niet wil schaken. Ik ben nog niet zo ver dat ik onder mensen wil zijn. Behalve voor mijn werk natuurlijk."

Hij zweeg en dacht even na voordat hij verder ging.

"Maar ik heb er niets op tegen om bij mij thuis te schaken. Zou je naar mij toe willen komen?"

Hij keek David vragend aan en deze aarzelde. David wist niet wat hij moest antwoorden. Hij voelde zich innerlijk verscheurd, een gevoel dat hij sinds Lia's dood niet meer had ervaren. Aan de ene kant wilde hij wel, aan de andere kant had hij bedenkingen om daarheen te gaan, waar hij zulke mooie ogenblikken had gehad met Lia.

De ene stem zei: "Ga daarheen. Het zal je zeker goed doen om de ruimte van de vele gepassioneerde uren te betreden."

"Wat een onzin!", zei de andere stem, "Heeft ze je niet geleerd los te laten? Het is voorbij! Wacht maar tot meneer Varenbrink weer naar de schaakavonden gaat, dan kun je meerijden en daar met hem schaken.

De zoet klinkende stem gaf niet op.

"Je kunt toch wel wat afleiding gebruiken. Ben je niet benieuwd welke gevoelens een bezoek aan het liefdesnest in jou losmaakt? Bovendien ben je het meneer Varenbrink verschuldigd, want je hebt hem niet onmiddellijk uit zijn ellendige situatie bevrijd."

David herwon zijn kalmte en knikte instemmend.

"Nou, wat denk je van morgenavond? Is zeven uur oké voor je, dan wordt het niet te laat."

David ging accoord, zonder eraan te denken, dat hij het eerst aan zijn ouders moest vragen. Maar die hadden er geen probleem mee dat hij op vrijdagavond bij meneer Varenbrink thuis wilde schaken. Integendeel, ze vonden het een heel goed idee, dat de arme man, die zoveel erge dingen had meegemaakt – de woorden van zijn moeder – een beetje afleiding vond.

Vrijdagavond om zeven uur klopte David aan en dacht met smart terug aan de vele keren toen hij zonder te kloppen door de achterdeur was gekomen. Meneer Varenbrink opende de deur en leidde hem naar de woonkamer. David probeerde de indruk te wekken dat hem alles vreemd was, maar Freddy kwam in de gang naar hem toe gerend, begroette hem met kwispelende staart en sprong tegen hem op als bij een oude bekende. Hij was zichtbaar blij hem na zo'n lange tijd weer te zien. David streelde een paar keer over zijn kop, totdat hij tevreden naar zijn hoek terug ging.

"O", merkte meneer Varenbrink verrast op, "dat doet hij niet vaak bij vreemde mensen. Hij moet ruiken dat je moeder de dame van de dierenbescherming is!"

Ze lachten allebei, en David slaagde erin zijn schrik te verbergen dat Freddy hem bijna had verraden.

In de woonkamer, waar het schaakbord met de reeds opgestelde stukken al op de tafel stond, schrok David voor de tweede keer.

Geen enkele van de schilderijen die ze had geschilderd, hing nog aan een wand. In plaats daarvan had meneer Varenbrink nauwgezet al zijn oude kitsch-afbeeldingen weer opgehangen. De witte poedel met roze strik had een ereplaats en keek hem met zijn grote, zwarte kalfsogen triomfantelijk aan. Met moeite slaagde David erin zijn afschuw te onderdrukken. Gelukkig merkte meneer Varenbrink niets. Ze gingen zitten en voordat ze begonnen schonk hij hem een glas cola in met een ijsblokje erin. Hij nam zelf bier. David moest aan het hartig zoete gemberbier denken en aan de heerlijk ananaslimonade, gemaakt naar Lia's eigen recept.

Ze speelden zonder veel te praten, zoals gebruikelijk bij schaken. David was ongeconcentreerd. Hij voelde zich vreemd, in deze kamer te schaken waar hij zo veel uren met Lia doorgebracht had, en waar ze elkaar niet alleen gepassioneerd hadden liefgehad, maar ook hun zielen elkaar hadden ontmoet.

Hij verloor dan ook de eerste partij. Meneer Varenbrink vulde het glas van David opnieuw en liep naar de keuken om ijsblokjes te halen. Toen hij terugkwam, liet hij het blokje in het glas van David glijden. Hij keek David aan en zuchtte diep.

"Het moet heel moeilijk voor u zijn om uw vrouw zo plotseling en op zo'n tragische wijze te verliezen", zei David met medeleven in zijn stem.

Hij voelde zich onwaarachtig, maar zijn medeleven met Lia's echtgenoot was oprecht. Meneer Varenbrink knikte.

"Weet je, er wordt zoveel over deze zaak geroddeld in de stad. Ik ben de enige, die niemand heeft om mee te praten. Mag ik je iets in vertrouwen vertellen?"

"Ja, natuurlijk!", antwoordde David, zonder zijn verbazing te laten blijken.

"Lia en ik ...", meneer Varenbrink zocht naar woorden, "Lia en ik hadden gescheiden slaapkamers."

Hij keek naar David, die emotieloos zei: "Ja, dat zei Johanna, dat is tenminste wat de commissaris mij vertelde."

"O ja. De commissaris. Gelukkig heeft je moeder hem om hulp gevraagd! Anders zat je vader misschien nog steeds in de gevangenis! Maar het idee, dat uitgerekend *hij* een affaire met Lia zou hebben, vond ik al meteen belachelijk."

David knikte kort en meneer Varenbrink ging verder.

"Wat ik eigenlijk wil zeggen is: ik ben een onvolmaakte man, begrijp je dat?"

David knikte opnieuw, deze keer bedachtzaam.

"Ik kreeg een zwaar ongeval en daarna kon ik niet meer lief hebben. Lia heeft erg daaronder geleden en dat spijt me vreselijk. Ik kan ook begrijpen dat ze een verhouding had. Hoewel we ondanks alles altijd open tegenover elkaar waren, heeft ze mij er nooit iets over verteld. Ze moet bang zijn geweest dat het mij pijn zou doen. Maar integendeel, ik was blij voor haar."

"U wist dat uw vrouw een liefdesrelatie had?", vroeg David verbaasd.

"O ja. Sinds een jaar zag ze er zo anders uit. Ik bedoel, ze zag er gelukkig uit. Weet je, mijn jongen, er moet in haar jeugd in Indië iets gebeurd zijn. Als kind maakte zij de Japanse bezetting mee en er zijn daar verschrikkelijke dingen gebeurd. Ik heb geprobeerd er met haar over te praten, maar ze heeft me gezegd dat zij en haar moeder zonder problemen door de bezetting zijn gekomen. En alle verdere gesprekken erover vermeed ze of ze veranderde van onderwerp. Ik ben er echter van overtuigd, dat er iets in haar jeugd geweest is, dat haar belastte. Maar ik weet niet wat het is. Misschien was het ook gewoon de vroege dood van haar broertje. Misschien omdat haar verloofde in Indië gevallen is."

Hij zweeg even en nam een slok bier. David volgde zijn voorbeeld en nipte aan zijn cola.

Meneer Varenbrink knikte nadenkend en zei glimlachend: "Ik heb enorm veel geluk gehad, dat de twee vissers op de rivier waren. Want ik zou niet weten hoe ik uit deze puinhoop moest komen."

"Ja", merkte David op, "en ook dat de vissers voor u hebben getuigd."

"Dat klopt."

De heer Varenbrink knikte nadenkend.

"Het heeft me wel verbaasd. Normaal gesproken zijn de lager opgeleiden, en vooral degenen die buiten Nickerie wonen, er niet zo happig op om met de politie in aanraking te komen. Nu ik erover nadenk, moet ik zeggen dat ik twee keer geluk heb gehad. Eén keer dat ze net daar bij de rivier waren en één keer dat ze hebben getuigd.

"Eigenlijk drie keer", beweerde David.

Toen meneer Varenbrink hem verbaasd en vragend aankeek, lachte hij even.

"Het eerste geluk was dat de uitlaat van uw Volkswagen kapot was. Zonder dit had men u niet weg horen rijden."

Meneer Varenbrink lachte nu ook.

"Ja, lang leve de uitlaat!"

En David dacht op dat moment dat ook hij enorm veel geluk had gehad, dat de uitlaat zo'n lawaai maakte. Want anders had meneer Varenbrink hen op heterdaad betrapt in Lia's bed.

In de tweede partij ging het iets beter voor David, maar door een fout van hem was meneer Varenbrink in staat het dreigende gevaar van mat om te zetten in remise. David vond dat niet erg. Integendeel, hij was blij voor hem. Ze lieten het bij deze twee partijen en spraken af voor de volgende week.

Voordat David afscheid nam, praatten ze nog even na.

"Weet je al wat je gaat doen nadat je je diploma gehaald hebt?"

"Ja", antwoordde David, die al heel lang erg in elektrotechniek was geïnteresseerd.

"Ik ga in Holland naar de HTS in Haarlem om elektrotechniek te studeren."

"O, dat is een goede keuze. Er is veel vraag naar elektrotechnische ingenieurs, en de HTS van Haarlem heeft een zeer goede reputatie. Wanneer ga je er naar toe?"

"Ik moet eerst het diploma nog halen", legde David uit, "maar waarschijnlijk eind augustus."

"Ach ja, natuurlijk. Weet je, als je hulp nodig hebt in Haarlem, kan je met mijn schoonouders praten."

Bijna had David gezegd: "Maar die wonen toch in Leiden?"

Hij zweeg net op tijd en knikte alleen maar. Maar hij bedacht dat hij Lia's ouders absoluut niet wilde ontmoeten.

"Ze wonen weliswaar in Leiden, maar dat is niet ver van Haarlem. Ongeveer een half uurtje met de trein."

Toen hij even later met David naar de deur liep, bleef meneer Varenbrink plotseling staan.

"Wacht, ik heb nog iets voor je. Een schilderij."

En terwijl David zich afvroeg welk schilderij dat zou kunnen zijn, besefte hij plotseling dat het het *Blauwe Paard* moest zijn. Een gevoel van vreugde ging door hem heen. Het *Blauwe Paard*! Hij was gefascineerd toen hij dit schilderij voor het eerst zag, en de magische invloed die het op hem had, was in de loop van de tijd alleen maar groter geworden. Dat ze het naar het origineel van Franz Marc had nageschilderd, deerde hem niet. Integendeel: Hoe enthousiast had ze over Franz Marc verteld. En hoe verdrietig vonden ze allebei zijn vroege dood op het slagveld van de 'Grote Oorlog'.

"Het treft altijd de verkeerde mensen", had ze met tranen in haar ogen gezegd, en hij wist dat ze aan Henk moest denken. Hij had haar teder in zijn armen genomen en zij had troost bij hem gevonden, haar hoofd tegen zijn schouder geleund. Ze zaten een hele tijd zo naast elkaar en zeiden geen woord meer.

Ondertussen liep meneer Varenbrink terug de woonkamer in. Door de open deur zag David hoe hij de slaapkamerdeur van Lia openduwde, naar binnen ging en het licht aandeed. Toen hij terugkwam had hij een doek in zijn hand, dat hij aan David overhandigde.

"Dat ben jij, nietwaar?"

David keek verbaasd naar zijn portret. Hij had nooit en te nimmer vermoed, dat Lia zijn gelaatstrekken had vereeuwigd. Hij begreep nu waarom ze een foto van hem wilde. Hij keek naar meneer Varenbrink en kon alleen maar stamelen.

"Bedankt, ja dat ben ik. Waar heeft u dat vandaan?"

"Dat heeft mijn overleden vrouw geschilderd. Ik vond het vanmiddag tussen haar werken, toen ik haar schilderijen weggehaald en opgeborgen heb. Ze moet het lang geleden geschilderd hebben. Ernaast lag een schoteltje met gedroogde verf, een plukje haar, dat ze in plaats van een penseel gebruikte en wat vreemde voorwerpen die ik niet kon thuisbrengen. Mijn vrouw was een zeer artistieke schilderes. Ik heb deze oude dingen weggedaan, maar ik vind, dat jij het schilderij moet hebben. Het is goed gelukt, nietwaar? Ik wist niet dat je model voor haar gestaan had."

"Ik heb nooit model gestaan voor uw vrouw", antwoordde hij verrast een beetje energiek, en dat was niet eens een leugen.

"Niemand heeft me ooit verteld dat ze schilderde", voegde hij er op rustigere toon aan toe. Dat was ook geen leugen, hoewel het meer aan de formulering lag dan aan de feiten.

David draaide het schilderij om en zag, dat er iets op de witte achterkant was geschreven. Hij kon slechts met grote moeite zijn tranen bedwingen toen hij de woorden las die Lia in haar krachtige handschrift achtergelaten had: *Mijn kleine broer.*

Hij hoopte vurig dat meneer Varenbrink die woorden niet had gezien. Want hij wist niet wat hij moest zeggen als die hem daarover een vraag zou stellen. Hij schudde snel de hand die Lia's man hem gaf en bedankte hem voor de avond en de cola, en ging naar buiten.

Terwijl meneer Varenbrink de deur op slot deed, liep David langzaam de oprit af, en op de brug naar de straat, in het licht van een straatlantaarn, las hij de drie woorden keer op keer.

Mijn kleine broer.

Op dat moment voelde hij zich zo klein, zo alleen en zo verlaten. Pas nu besefte hij wat voor een verlies hij had geleden en hij brak in tranen uit.

DEEL III

33. Terugkeer naar Nickerie

De groep stapte uit de geklimatiseerde cabine op de trap naar de landingsbaan. Het was al donker en de warme, vochtige lucht van de tropenavond trof David Bos als een slag. Gelukkig regende het niet meer, want het stuk naar het stationsgebouw moest men te voet afleggen. En dat duurde ettelijke minuten. Lang genoeg om bij een tropische bui – de *sibi-busi*, de regen, die het bos schoonveegt – tot op de huid nat te worden. De grote plassen water, die men moest omzeilen getuigden echter van een recente wolkbreuk.

Eindelijk, na ruim veertig jaar, zette David weer voet op de grond van zijn geboorteland. In augustus 1963 was hij hier in Zanderij, de internationale luchthaven van Suriname, aan boord gegaan van een Boeing der KLM die hem, zijn Chinese vriend William en zijn zus naar Holland bracht. In 1972 verbleef hij voor het laatst in Paramaribo, waar hij een paar maanden als stagiair werkte. Daarna was hij niet meer in Suriname geweest.

Hij snoof de geur diep op, en er kwamen herinneringen aan vervlogen tijden in hem op. Ja, dat was precies de reden waarom hij, na zoveel jaren, nog één keer dat, waaruit zijn kindertijd en jeugd bestond, wilde natrekken. Een poging om het verleden, zij het ook maar kort, weer tot leven te wekken. De geur, de geluiden, de kleuren, de klanken van de verschillende talen, die naast het Hollands gebruikelijk waren, dat alles wilde hij nog een keer ervaren.

Niet dat hij absoluut in augustus hierheen wilde reizen. Het einde van het regenseizoen had zich de afgelopen jaren steeds verder naar achter vertraagd. Zijn eigenlijke plan was om pas half september te komen, om gegarandeerd de droge tijd te treffen.

Dan heersen weliswaar iets hogere temperaturen, maar die

worden door de lagere luchtvochtigheid als niet zo belastend ervaren. Bovendien zijn er dan vrijwel geen muskieten of nog erger stekende insecten.

Hij wilde zijn vijf kinderen en zijn levensgezellin het land laten zien, waarin hij geboren en getogen was. Ze gingen graag op de uitnodiging in. Maar zoals het is met volwassen kinderen: Het is moeilijk het eens te worden over een gemeenschappelijk tijdschema. Er stond altijd een college of examen in de weg of lang van tevoren vastgelegde vakantiedagen. En zo stapten ze kort voor het einde van het regenseizoen in de vochtige donkerte uit.

Samen met de vele andere passagiers gingen ze naar de douane- en paspoortcontrole. Er was nogal wat gedrang. Toen hij eindelijk aan de beurt was, overhandigde hij de ambtenaar zijn paspoort. Deze bladerde er snel doorheen en vroeg om zijn visum.

"Ik heb geen visum nodig!", antwoordde David, "ik ben geboren in Suriname."

De ambtenaar bladerde nog eens door het reisdocument, keek erin en keek hem even aan.

"Bent u meneer Bos? David Bos?"

"Ja dat ben ik."

"Welkom in uw geboorteland", zei hij, terwijl hij hem zijn paspoort teruggaf.

Het duurde ruim drie kwartier voordat de anderen afgehandeld waren, en de zinsnede *Welkom in uw geboorteland* ging een paar keer door zijn hoofd.

Ja, daar stond hij nu op Surinaamse bodem, en aan de ene kant was hij vervuld van vreugde en nieuwsgierigheid. Aan de andere kant voelde hij een spanning in zich, omdat een innerlijke stem hem waarschuwde om erop voorbereid te zijn, dat er de afgelopen jaren veel veranderd was.

Toen ze weer bij elkaar waren, verspilde hij geen tijd meer

aan deze gedachten en samen gingen ze naar de uitgang. Hun chauffeur uit Paramaribo, de trotse eigenaar van een 'wilde bus', beschilderd in felle kleuren, stond daar al te wachten. Normaal gesproken rijden deze bussen een min of meer vaste route, maar niet op vaste tijden, en stoppen alleen maar op verzoek, als passagiers willen in- of uitstappen. Ze worden ook gebruikt om grotere groepen op te halen van de luchthaven en de passagiers naar de ongeveer vijftig kilometer verderop liggende hoofdstad te vervoeren.

Na een voor West-Europeanen behoorlijk spannende en snelle rit over donkere wegen met voldoende kuilen om ze wakker te houden, bereikten ze de hoofdstad.

Paramaribo was hem niet geheel vreemd, want hij had er als kind heel wat vakantieweken doorgebracht. Maar hij kende deze stad niet echt.

Ze bezochten de bezienswaardigheden die de kinderen hadden uitgekozen: De synagoge en de moskee die vlak naast elkaar staan – in Suriname leven joden en moslims sinds mensenheugenis vreedzaam naast elkaar –, de palmentuin en het imposante huis er tegenover, dat een eeuw geleden toebehoorde aan zijn grootvader van moederskant en ook het uit de zeventiende eeuw daterende fort Zeelandia.

Elke dag genoten ze van het exotische eten dat dit multiculturele land te bieden had, vooral David!

In de jaren vijftig was Paramaribo een van de mooiste steden in het Zuid-Caribisch gebied. Maar de in 1975 verkregen onafhankelijkheid en vooral de in begin 1980 gevestigde dictatuur had het land weinig goeds gebracht. Overal lag het verval op de loer en op veel plaatsen had het al genadeloos toegeslagen.

Snel, veel te snel was de tijd voorbij gevlogen, toen ze na ongeveer twee weken de rit naar Nieuw-Nickerie ondernamen. Daar had David in 1946 het levenslicht aanschouwd en daar had hij gewoond tot hij, bijna zeventien jaar oud, het land verliet om in Holland te gaan studeren.

De ontmoeting met Nickerie was teleurstellend en deprimerend voor David. Gedurende de lange jaren dat ze uit elkaar waren, was er veel veranderd in het stadje in het westen van Suriname. En niet ten goede. Een groot deel van de oude kern van Nickerie was al sinds jaren vervallen: De straten met hun kuilen. De gebouwen groot en klein waren door de tand des tijds zwaar aangevreten De sloten, vroeger gevuld met water, waren nu bezaaid met plastic afval.

Alles leek zich erbij te hebben neergelegd, alles leek hardnekkig in zijn wanhopige toestand te blijven. Het was een aanblik die tranen in zijn ogen bracht.

Het ouderlijk huis, het huis waarin hij werd geboren, bestond niet meer. Dat wist hij al sind decennia. Maar het terrein was overwoekerd met zulk dicht struikgewas dat men de groene muur niet kon doordringen, ja, er niet eens doorheen kon kijken, en dat had hij nu toch ook weer niet verwacht.

David was nog meer van streek toen hij de paar honderd meter naar het huis liep waar Lia had gewoond. Van de flamboyant bomen die vroeger de straat omzoomden met hun prachtige oranjerode bloesems, waren er nog maar een paar over, die, oud geworden, hun pracht niet meer konden tonen.

Met verdriet in zijn hart en tranen in zijn ogen moest hij vaststellen dat ook haar huis er niet meer was. Dit terrein was niet overwoekerd, maar er stond daar nu een ander gebouw, dat hem als een vreemd voorwerp aanstaarde. Hij bleef daar een tijdje versteend staan, en sloot zijn ogen, met zijn hoofd naar de bodem gericht. Toen hij zijn ogen weer open deed en omhoog keek, stormde het op hem af. Het trof hem als een lans in de borst en deed hem pijn in zijn ziel. Het maakte hem sprakeloos.

Die avond, nadat ze met z'n allen in een klein, eenvoudig maar voortreffelijk Javaans restaurant gegeten hadden, regende het hevig. En zo bleven ze – de vijf kinderen, zijn levensgezellin Gudrun en zijn broer met zijn vrouw, die met hen meereisden – nog een tijdje gezellig bij elkaar zitten. Toen het gesprek aan tafel op een gegeven moment stokte, verbrak Andrea, zijn middelste dochter, de stilte.

"Papa, je kijkt de hele dag zo ernstig. Heeft het je zo geraakt dat jouw geboortehuis er niet meer staat?"

David schudde zijn hoofd.

"Nee, dat is het niet. Het is iets anders, maar daar wil ik niet over praten."

"Doe het toch maar! Vertel het alsjeblieft!", riepen de kinderen in koor, en hij wuifde ze weg.

"Nee, dat interesseert niemand. Bovendien is het al zo lang geleden. Laten we toch babbelen over de dingen van vandaag."

Maar ze gaven niet op en praatten op hem in. Tenslotte begon hij te vertellen.

"Jullie hebben waarschijnlijk wel gehoord, dat jullie grootvader – mijn vader – in de gevangenis zat, omdat hij ervan verdacht werd een moord te hebben gepleegd. Alleen ik wist dat het onmogelijk was dat hij de dader was ..."

"Wat zeg je me daar?", klonk de stem van zijn broer verbaasd, "ik heb dit destijds alleen maar uit de verte mee gekregen, omdat pa en ma me al jaren daarvoor vanwege mijn schoolopleiding naar Holland hadden gestuurd. Hoe wist je dat het onmogelijk was? Het is duidelijk dat pa niemand had vermoord, maar hoe wist jij dat toen zo zeker?"

Natuurlijk kende hij het verhaal over de arrestatie van hun vader. Sinds hun ouders naar Holland teruggekeerd waren, werd het verschillende keren bij ontmoetingen met familieleden en kennissen tot groot vermaak van iedereen verteld. Wie heeft er immers iemand in zijn familie, die ten onrechte wegens moord gearresteerd was?

"Omdat er een jaar eerder – het was in het begin van de jaren zestig – iets was gebeurd. Ik zal het jullie vertellen, dan kunnen jullie het begrijpen. Maar ik heb dorst en zin in gemberbier. Daar komt de ober net naar ons toe. Laten we eerst iets bestellen."

Toen kort daarna het gemberbier voor hem stond en ook voor de anderen de glazen opnieuw gevuld waren, vroeg Elisa: "Papa, ik heb ook gemberbier genomen, maar wat is dat eigenlijk? Hoe maak je dat precies? Ik zag in Paramaribo dat vooral Creolen het graag drinken."

David bevestigde het: "Ja dat klopt. Maar ook andere bevolkingsgroepen waarderen het. Hoe men het bereidt? Eigenlijk heel simpel. De geraspte gemberwortels laat je een dag trekken met water, suiker, kruidnagel en limoensap. Dat is alles."

"Zit daar ook alcohol in?", wilde Florian weten.

"Nee, ondanks de naam zit er geen alcohol in ... "

"Papa!", Christian's stem klonk geïrriteerd, "We zijn niet geïnteresseerd in het gemberbier! Vertel toch eindelijk wat er is gebeurd."

David keek in de kring om zich heen. Alle ogen waren op hem gericht en hij begon te vertellen, hoe hij voor het eerst Lia ontmoette: "Het was op een zaterdagochtend ... "

Hij vertelde hoe hij de brief bezorgde en eindigde met: ...toen liep ze met me mee naar de deur, keek me aan en streelde mijn haar."

David nam een slok van het gemberbier dat de ober aan het begin van het verhaal voor hem op tafel had gezet en keek in de aandachtige gezichten van zijn kinderen, Terwijl hij aan het vertellen was, was het muisstil gebleven. Ook zijn broer en diens vrouw luisterden aandachtig. Daar het nog steeds stil bleef en niemand iets zei, nam hij weer het woord.

"Ja, ja! Het was vooral de manier waarop ze over mijn hoofd

had gestreeld, die mij destijds erg in de war bracht. Maar de aanblik van haar borsten vond ik ook heel opwindend."

"Maar papa", zei Florian, de oudere zoon, verwonderd. "De borsten van een vrouw, dat is niets ongewoons. Dat zie je toch aan elk strand!"

Inge, de oudste, moest lachen.

"Ja! En foto's van vrouwen zonder beha's en slipjes zie je tegenwoordig in de schappen van vrijwel elke supermarkt of kiosk!"

"Ja natuurlijk! Maar rond 1960 was het heel anders! Toen was men niet zo libertijns op lichamelijk gebied. Wij, jongens praatten er wel over, maar zonder iets te weten, laat staan iets gezien te hebben."

David zweeg een tijdje en zijn gedachten dwaalden af naar het kleine stadje aan het Bodenmeer, waar zijn kinderen in de jaren negentig naar school gingen. Er was slechts één boekhandel. Aan het begin van elk schooljaar kon je daar de schoolboeken kopen. Maar de eigenaar van een tabaks- en tijdschriftenwinkel had daartegen wegens oneerlijke concurrentie geprotesteerd en mocht vervolgens de helft van de selectie schoolboeken in zijn winkel aanbieden. Toen David daar voor het eerst kwam met zijn toen tienjarige zoon Florian, was hij het liefst meteen weer naar buiten gegaan. Strategisch goed zichtbaar en binnen handbereik, alsof het speciale aanbiedingen betrof, werden in de schappen bij de ingang de tijdschriften die mannen graag kopen, aangeboden. Niet alleen de ene blote borst naast de andere in 'verleidelijke' poses. Ook het primaire geslachtgebied werd nauwelijks verhuld tentoongesteld. De schoonheid van een naakt lichaam, volledig geperverteerd door de onderdanige houding van de afgebeelde vrouwen, die slechts als lustobject werden afgebeeld. En dat alles in perfect geretoucheerde vorm, zonder rimpels of gebreken. Men kan het alleen maar eens zijn met wat zijn oude buurvrouw over deze *models* zei: "De domheid straalt uit hun ogen!"

David was blij dat hij en zijn vrouw hadden besloten hun lichaam niet te verbergen voor de kinderen. Ook als ze er niet zo perfect en opgemaakt uitzagen als op de omslag van een magazine dan nog bezaten zij een zekere schoonheid. Hun badkamer was meestal niet op slot. Het maakte niet uit wie er met welk doel binnen was, alle anderen mochten binnenkomen.

Elisa duurde de pauze te lang.

"Kom op, papa. Of blote borsten nu vaak voorkomen of niet, vertel toch verder. Het is nog niet laat en in Nickerie is er helemaal niets te doen."

"Ja", beaamden de anderen, "vertel verder."

David wachtte tot de ober de glazen weer had gevuld en ging toen verder met het verhaal: "De volgende keer dat ik haar zag, was een paar weken later tijdens een Indische maaltijd in de zwemclub ..."

34. Het weerzien

TWEE DAGEN LATER, HET WAS VLAK VOOR HET MIDDAGETEN, liep David met de kinderen, Gudrun en broer plus vrouw langs het kanaal naar hetzelfde kleine restaurant. Het zoetwaterkanaal was vroeger, voordat Nickerie een waterleiding had, de bron waaruit de arme mensen in de droge tijd hun drinkwater haalden. Twee watervaten die op een ezelskar stonden werden met kleine emmers gevuld en daarna naar de kopers vervoerd waar het water met behulp van diezelfde emmers werd opgeslagen in hun containers.

Tijdens de feestweek ter gelegenheid van Koninginnedag waren er ‘zwemkampioenschappen’ in het kanaal. Maar niets aan het kanaal deed denken aan vroeger. Het was volledig dichtgegroeid met lotusbloemen tussen het plastic afval. Op veel van de ooit eerbiedwaardig uitziende palmbomen langs het kanaal was nu de Surinaamse vlag in een verkeerd begrepen patriottische ijver geschilderd. Dit was tenminste een klein teken van ‘vooruitgang’ in een omgeving die al tientallen jaren gekenmerkt werd door troosteloosheid.

Het was plotseling gaan regenen en er steeg een gronderige lucht in de neus op. Een geur gevoed door alles wat op straat was blijven liggen. Ezeldrollen, zand en bladeren die tot stof waren vergaan, droegen hun eigen aroma daaraan bij. Het deed David denken aan zijn jeugd, maar veel tijd om daarover na te denken had hij niet. Hij vluchtte met de troep naar hun restaurant. Ze waren net binnen, toen het begon te gieten. Buiten hen – ze waren tenslotte met z’n negenen – was het restaurant leeg. De keuken zou pas over een uur open gaan, maar honger had nog niemand. De ober bracht hun wat te drinken en John begon te vertellen, hoe David ooit een os zover bracht zijn lading lege olievaten van de kar te laten vallen en hij, John, ervoor opdraaide. De kinderen die niet wisten hoe rijk aan streken het leven van hun vader was geweest moesten er hartelijk om lachen. Hierdoor aangemoedigd vertelde David het verhaal over de aap die hij ooit gekregen had. Dit zorgde voor nog meer grote hilariteit. Het slimme diertje probeerde het dienstmeisje van de schooldirecteur te imiteren. Daartoe had het de net gewassen witte overhemden van de waslijn gegooid en daarmee in het zand bewegingen gemaakt, net zoals zij dat op een wasbord deed.

Zo verstreek de tijd in een prettige sfeer. Na het eten regende het niet meer en de zonnestralen hadden de waterplassen weer opgedroogd. Niets deed nog denken aan de tropische bui, behalve dat de hitte een beetje was afgenomen. Terwijl de anderen kozen voor een siësta, was David iets anders van plan. Hij spoedde zich naar de markt, en de geur van de *kreteks* steeg, net als toen, op in zijn neus. Maar niet alles was zoals vroeger. Het eerste wat hem opviel was een parkeerplaats met vijf prachtig beschilderde 'wilde bussen', waarvan de chauffeurs vlakbij in de schaduw van een boom stonden. Ze praatten en rookten en wachtten op klanten. Toen hij de bussen zag, kreeg David plotseling een inval. Een idee dat hij wilde uitvoeren, voordat ze terugkeerden naar Paramaribo. Hij was er zeker van dat de kinderen, en vooral zijn broer, het leuk zouden vinden.

Hij maakte een rondje en passeerde de plaats, waar hij vele jaren geleden zijn fiets geparkeerd had, nadat hij Lia in het zwembad had ontmoet. Er was maar één *sirih* spugende vrouw en de meeste mensen hadden nu plastic zakken of een boodschappenwagentje bij zich om de aankopen naar huis te vervoeren. Er werd niets meer op het hoofd gebalanceerd.

Hij liep naar de oever van de rivier, waar hij toen een roeiboot had gezien, die in de nevel verdween. De rivier lag verlaten voor hem en stroomde rustig in de richting van de Atlantische Oceaan, zoals hij dat sinds mensenheugenis deed. David draaide zich om en liep terug naar het midden van de markt, en besefte plotseling dat hij geen geur van visafval had geroken.

De kooplieden waren al begonnen met het opruimen van hun kraampjes, en David kon nog net voordat alles opgeborgen was, goedkoop een prachtig boeket bloemen te pakken krijgen. Hiermee gewapend begaf hij zich op weg naar de begraafplaats.

Juist toen hij de parkeerplaats naast de markt overstak, meende hij een bekende stem achter zich te horen. Hij draaide zich om en zag een jonge vrouw weglopen. En toen riep dezelfde stem: “Oké, alles duidelijk. See you later alligator!”

De jonge vrouw hief een arm op als teken van instemming. David kon zijn oren niet geloven: *See you later alligator.* Was dat niet de stem van …? Hij draaide zich om en keek de vrouw van de stem naast hem onderzoekend aan. Ze stond op het punt de deur van haar auto te openen. Nee, deze volumineuze oude vrouw kon Sandra toch niet zijn! Maar toen besefte hij plotseling dat zij, net als hij, nu rond de zeventig moest zijn. Ze was inmiddels ingestapt. Hij deed een stap naar haar toe en noemde aarzelend en met zachte stem haar naam.

“Sandra?”

Met een ruk draaide ze haar hoofd naar hem toe en keek hem onderzoekend aan. Ze had een strenge blik in haar ogen, die duidelijk maakte dat ze geen smoesjes tolereerde. Hij weerstond de blik en glimlachte.

Ten slotte vroeg ze: “Kennen wij elkaar?”

“MULO-school, begin jaren zestig. We zaten in dezelfde klas.”

Ze staarde hem aan, legde haar hand voor haar mond en riep: “*Mi Gado! Na yu, David?* – O mijn god! Ben jij dat, David?”

Hij knikte. Ze opende het portier, stapte uit en omarmde hem stevig. Toen ze hem weer losliet, deed een stap terug, bekeek hem onderzoekend van top tot teen en zei met verbazing in haar stem:

"Ey *mang*! Wat doe je hier? Waar kom je vandaan? Hoe is het met je?"

David moest stilletjes lachen. Ze praatte nog precies so als vroeger.

"Het gaat goed met mij, heel goed zelfs. Ik kom uit Duitsland, waar ik sinds begin van de jaren negentig woon. *Mi kon waka-waka* – Ik ben hier op vakantie. Met mijn vijf kinderen ..."

"Vijf! Zo ver ben ik niet gekomen. Ik heb er maar drie, en zeven kleinkinderen."

Nadat David had uitgelegd dat hij nog niet rijk was aan kleinkinderen, zei ze met een ondeugende glimlach: "Je hebt prachtige bloemen bij je. Voor wie zijn ze bedoeld?"

"Dat is een kleine verrassing voor iemand", antwoordde hij met neutrale stem.

"Aha", zei Sandra betekenisvol, "Voor iemand, *nô*? *Faya Lobi's*! Als dat geen leuke verrassing is!"

David glimlachte alleen maar en vroeg: "En hoe gaat het met jou? Met wie ben je getrouwd? En wat doe je in het leven?"

"O, best goed, gezien mijn leeftijd. Mijn man is negen jaar geleden overleden en sindsdien beheer ik in mijn eentje het hotel dat ik heb overgenomen – of beter gezegd: geërfd – van mijn vader.

"O, dan heb je veel werk", zei David, "betekent dit dat je nog steeds of alweer, buiten Nickerie woont?"

"Precies zo is het", bevestigde Sandra zijn vermoeden, "Maar het is fijn daar buiten. Ja, het is een zware klus, maar mijn kinderen zijn een grote hulp."

"Zeg es", vroeg David, "vlak voordat ik Nickerie verliet in augustus '63, is er iets vreselijks gebeurd ..."

"Ja, de vermoorde vrouw! Hoe heette ze ook alweer?

"Mevrouw Varenbrink."

"Ja, ik herinner me. Dat was iets heel ergs! Haar man werd gevangengezet omdat men dacht dat hij de moordenaar was."

"Precies", zei David, "maar hij werd vrijgelaten toen getuigen zeiden dat ze mevrouw Varenbrink nog hadden gezien, nadat haar man was weggereden."

"Dat was toch ...? Hoe heet hij toch? Uit onze klas."

"Bedoel je Narain?", vroeg David terloops.

"Ja precies, die bedoel ik. Net als ik is hij Nickerie altijd trouw gebleven. Hij was slechts een paar jaar in Paramaribo om te studeren."

"Wat is er van hem geworden?"

"Hij was leraar op onze oude MULO-school, en op 't laatst was hij adjunct-directeur."

"Echt? Gisteren hebben we een bezoek gebracht aan de oude school. Maar ik heb Narain niet gezien. Een directrice sprak met ons."

Sandra lachte en zei: "Narain is al een paar jaar met pensioen. Geen wonder dat je hem daar niet hebt gezien."

Ze zweeg even en vervolgde toen: "Maar toen meneer Varenbrink werd vrijgelaten, hadden ze toch jouw vader opgesloten, nietwaar?"

"Ja, dat klopt", antwoordde hij, "het was een beroerde tijd voor mij en ook voor mijn moeder."

"Ik weet 't", bevestigde Sandra, "je zag er zo ellendig uit. Alsof jij de schuldige was aan de misère. Ik had je eigenlijk moeten troosten, maar ik was zo boos op je. Terwijl ik eigenlijk alleen maar boos was op mezelf. Ik heb me als een klein kind gedragen."

"Ach", zei David geroerd, ook al kwam het een halve eeuw te laat. "Overdrijf toch niet zo. Het is heel aardig van je om dat te zeggen. Maar we gingen allebei onze eigen weg, en dat was oké."

Hij keek haar aan, zij knikte en hij vervolgde: "Maar waar ik in geïnteresseerd ben is: weet jij of men de moordenaar ooit gevonden heeft?"

"Nee, heeft men niet. Als dat het geval was, zou ik het met honderd procent zekerheid weten. Ik kom alles te weten wat hier in Nickerie gebeurt. Niets ontgaat mij!"

Ze lachte even en veranderde van onderwerp: "Het is laat. Ik moet gaan. Leuk je gesproken te hebben. Kan ik je ergens afzetten?"

"Ja graag. Ik wil het terrein van mijn ouderlijk huis nog een keer bezichtigen. Dat ligt op jouw weg."

David stapte in en toen ze wegreden waarschuwde Sandra: "Het huis is al dertig jaar geleden gesloopt. Wees alsjeblieft niet teleurgesteld."

"Dat weet ik al", stelde David haar gerust, "Ik wil alleen maar het terrein zien."

"Dat is goed", zei ze, "hoe lang blijf je nog hier? Misschien zien we elkaar nog voordat je vertrekt. Je bent van harte welkom om mij in mijn hotel te bezoeken als het je uitkomt."

Toen ze bij het terrein aankwamen, stapten ze allebei uit en omhelsden elkaar als afscheid. Hij wachtte tot Sandra was weggereden en liep toen dezelfde kant op, om bij de eerste zijstraat linksaf te slaan. Er was een stuk aangebouwd aan het grote huis, waar ooit de *Faya Lobi's* groeiden. In plaats van bloemen scheidde een lelijk hek het erf van de straat. Hij liep verder en toen hij op de begraafplaats aankwam, moest hij zich even oriënteren, maar toen herinnerde hij zich welk pad hij tientallen jaren geleden gevolgd was. Een paar minuten later stond David bij haar graf. Met moeite kon hij haar naam op de sterk verweerde steen ontcijferen: *Lia-Sophie Varenbrink, geboren B....* De rest was onleesbaar, en dat verbaasde hem niet. Wat hem echter wel verbaasde, was dat er een half verroest blikje bovenop het graf stond. In het blikje zat een boeket bloemen, niet helemaal vers, maar ook nog niet verwelkt. Er was nog plaats voor zijn boeket en tezamen zag het er heel mooi uit.

"Lia", zei hij, "ik ben terug."

Hij pauzeerde even en keek aandachtig om te zien of er enig teken was dat zij hem gehoord had. Hij zag en hoorde niets.

"Ik wou dat ik je in mijn armen kon houden. Ik ben met mijn levensgezellin en mijn vijf kinderen naar Nickerie gekomen. Ik heb al die jaren aan je gedacht. Ik hoorde je stem en ik voelde de zachtmoedigheid van je wezen en de weekheid van je lichaam. Ik mis je. Dit gevoel is in de loop van de tijd zwakker geworden, want net zoals jij het uitdrukte: 'De dingen die je niet kunt veranderen moet je loslaten.' Mijn leven is ook in veel opzichten anders verlopen dan ik wilde, maar nu ik er op terugkijk moet ik zeggen dat dat in principe oké was. Ik weet niet of ik het een 'vervuld leven' kan noemen, maar ik ben niet ongelukkig. En ik hoop dat waar je nu ook bent, jij dit gevoel ook in je hebt. Ik ben je dankbaar voor de liefde die je me gaf en voor alles wat je me leerde. Je hebt van mij een ander mens gemaakt. En dat op een leeftijd waarop ik er de rest van mijn leven profijt van heb gehad."

Het bleef stil op de begraafplaats. Alleen de wind ritselde lichtjes door de bladeren en zorgde voor wat afkoeling. David draaide zich om en liep, in gedachten verzonken, terug naar de uitgang. Deze keer stroomden er geen tranen.

35. Het einde van het verhaal

OP DIE AVOND, VLAK VOORDAT HET DONKER WERD, ONTmoette iedereen elkaar weer in het kleine restaurant en tijdens de maaltijd werd David gevraagd het verhaal van 'Opa in de gevangenis' verder te vertellen, wat hij ook deed. Maar hij verkortte zijn verhaal doordat hij veel – vooral erotische – details wegliet.

Nadat David het verhaal van 'Opa in de gevangenis' in meerdere avonden tot aan het einde had verteld, keek hij om zich heen in de kring. Tot nu toe hadden de toehoorders nauwelijks commentaar gegeven, althans niet tegenover hem, en hij was benieuwd wat ze ervan vonden.

Andrea was de eerste die reageerde.

"Heb je dat schilderij dat Lia van je heeft gemaakt nog?"

"Ik heb het tientallen jaren bewaard en elke keer als ik verhuisde met me meegesleept. Maar ik moest veel dingen wegdoen. Vooral na de twee scheidingen had ik niet veel ruimte en moest afscheid nemen van vrijwel alle boeken en andere zaken. En ooit was het schilderij er ook bij. Nu weet ik niet zeker of dat goed was. Misschien had ik het moeten bewaren. Maar ik wilde me niet langer vastklampen aan een oud verhaal, hoe emotioneel dat ook was."

"Ik wist niet dat je vroeger schaakte", merkte Florian op, "ik heb je nog nooit aan een schaakbord gezien. Het enige dat ik weet is dat je bridge speelt, en dat zelfs in de Regionalliga. Waarom ben je gestopt met schaken?"

"Toen ik in 1963 in Haarlem ging studeren, was de cultuurschok – andere mensen, ander eten, ander klimaat, en vooral het keiharde leren – zo groot, dat ik niet langer geïnteresseerd was in schaken. Veel later, nadat we in Duitsland waren geland, heb ik een paar keer op de PC tegen een programma gespeeld. Zelfs op het meest gematigde niveau versloeg het ding me, en toen besefte ik, dat ik een nul ben op dit gebied en heb het voor altijd gelaten."

"En, heb je echt nooit Lia's ouders bezocht?", vroeg zijn broer John, "Je had ze de brief kunnen laten zien die Lia kort voor haar dood schreef."

"Nee, ik heb hen nooit ontmoet. Toen ik in Haarlem studeerde, was ik nog niet zo ver, dat ik het kon. En later is het er niet meer van gekomen. Ik heb er nu wel spijt van, want ik denk dat ze blij zouden zijn geweest om mij te leren kennen. Ik had de brief overigens niet kunnen laten zien. Die heb ik, toen meneer Varenbrink werd vrijgelaten, meteen verbrand want ik was bang dat hij bij mij gevonden zou kunnen worden."

David keek weer om zich heen en vroeg: "Nou, wat vinden jullie verder van dit verhaal?"

"Behoorlijk tragisch!", antwoordde Andrea, de aspirant-psychologe, "Wat deze Lia in haar leven heeft meegemaakt! Ik denk dat ze een geweldige vrouw was. Wat jammer dat we haar niet kunnen leren kennen."

Inge, de oudste, vervolgde.

"Maar ook haar man, hoe eenvoudig hij ook was, heeft ook zo zijn zorgen gehad. En zoals Lia zelf zei: hij had werkelijk een groot hart! En opa kwam wel weer snel uit de gevangenis, maar het moet voor hem en oma toch ook verschrikkelijk geweest zijn."

David knikte bevestigend.

"Ik zou helemaal in paniek raken als ik onverwachts iemand onder aan een trap dood aantrof. Het maakt niet uit of ze nu mijn minnares is of niet", vond Christian, "Stel je voor: een minuut geleden leefde ze nog. Ik zou vermoeden dat de moordenaar in de buurt was en wegrennen, voordat hij mij ook te pakken kreeg!"

"Bangerik!", riep Elisabeth luid en iedereen moest hartelijk lachen.

Ze vervolgde heel serieus: "Maar is het werkelijk zoals je verteld hebt, dat de zaak nooit opgelost werd?"

"Ja", zei David, "het is mij in ieder geval nooit ter ore gekomen. Eerder ontmoette ik een oude vriendin op de markt en zij dacht ook, dat de zaak nooit is opgelost."

"Je kunt het aan de portier van je hotel vragen. Hij kon zich jou en pa en ma nog herinneren. Misschien weet hij nog iets meer", viel John in.

"Het moet allemaal behoorlijk frustrerend voor je zijn geweest!", stelde Florian vast. "Je wist dat hij het niet was. Maar de zorg over hoe je opa uit de misere moest halen, moet je nogal wat gekost hebben.. Het was de keuze tussen de pest en de cholera."

"Maar ik denk dat je een geweldige ervaring hebt gehad. Niet alleen gepassioneerde seks, maar echte liefde. Dat kom je niet vaak tegen op zestienjarige leeftijd!", vond Elisabeth.

"Dat is waar", antwoordde David, "Lia was een heel bijzonder persoon. Ik was me er toen niet echt van bewust, maar door de jaren heen kwam ik tot het besef dat zij de belangrijkste persoon in mijn leven is geweest. Ze was niet alleen erg intelligent, maar ook erg meelevend. Ik kon alles met haar bespreken. Wij hadden geen geheimen voor elkaar. Ze heeft mij gevormd en gemaakt tot de persoon waarin ik mij heb ontwikkeld. Het is jammer ..."

David stopte abrupt en sloot zijn ogen. Lia verscheen en glimlachte naar hem. Hij zag alleen haar gezicht met de bruine ogen, die in hem altijd raadselachtige emoties opwekten. Een eigenaardig verlangen om voor altijd dicht bij haar te zijn. Om met haar door het leven te gaan. Om er voor elkaar te zijn. Dat was, wat hij altijd had gewild en waarvan hij had gedroomd, op een korte periode na, waarin hij zo kinderachtig was om haar de schuld te geven van Theo's dood. Had dat iets te maken met haar dood? Lia glimlachte nog steeds naar hem, en na meer dan vijftig jaar overweldigde hem onverwacht de aanblik opnieuw.

"Het verbaast me", zei zijn broer, "dat je er nooit over hebt gesproken."

"Ja", gaf David als antwoord, "dat begrijp ik. Maar ik kan het je uitleggen. Soms stond ik op het punt het te doen. Vooral nadat pa gestorven was. Maar ik was bang dat ma het nog steeds niet aan zou kunnen, zelfs na zo'n lange tijd. En daarom durfde ik het dan toch niet."

En met een ondeugende glimlach voegde hij eraan toe: "Bovendien zijn we in de familie Bos er niet om bekend, dat we makkelijk over gevoelige onderwerpen praten."

Iedereen grijnsde, maar voordat er verder iemand reageerde, kwam de ober die hen steeds van koude drankjes had voorzien, naar hen toe.

"Het is de hoogste tijd om te sluiten. Morgen is er weer een dag."

Hij gaf David de rekening voor het eten en drinken, in de terechte veronderstelling, dat wie veel vertelt, ook veel betaalt. David beloonde hem voor zijn attente bediening met een goede fooi.

36. De Winti deskundige

De volgende ochtend liepen David, Gudrun en de kinderen naar hun geliefde restaurant om te ontbijten. De ober begroette hen verheugd met een brede lach en leidde hen naar de grote ronde tafel. Zijn broer en Rosanne waren er al en dronken hun eerste espresso. De nieuwkomers gingen bij hen zitten en wachtten tot de ober het ontbijt kwam brengen. Florian en David waren de enigen die een kom rijst en groenten met pindasaus hadden besteld. De anderen bleven bij een broodmaaltijd.

“Heb je van de portier van je hotel nog iets naders gehoord?”, vroeg zijn broer. “Kon hij zich nog de gebeurtenissen van toen herinneren?”

“Ja, hij kon zich herinneren wat er was gebeurd. Maar hij heeft in al die jaren nooit gehoord dat de zaak was opgelost. Het is en blijft een mysterie!”

“Kun je niet aan de politie vragen of het onderzoek destijds of later nog tot iets heeft geleid?”, vroeg Rosanne. “Of op het commissariaat? Er moet toch een dossier over de zaak zijn geweest. Misschien vind je daar een antwoord op die vraag.”

“Heb je gezien hoe vervallen het eens zo trotse commissariaatsgebouw eruit ziet? Het linkergedeelte is onbruikbaar. Ik denk niet dat er daar nog papieren uit de jaren zestig zijn. En als die er zijn, groeit er overal schimmel op”, antwoordde David en voegde eraan toe: “Net zoals bij de oude Nickeriaanse kranten en documenten die al kort na archivering van onder tot boven onder de schimmel zaten. Nee, ik ben bang dat het werkelijk voor altijd een raadsel zal blijven!”

Elisabeth bracht een ander onderwerp ter sprake. Ze zuchtte en zei klaaglijk: “O man, waarom vliegen de dagen zo snel voorbij?

Morgen gaan we weer terug naar Paramaribo."

"Ja, laten we dan vandaag nog iets leuks doen", stelde David voor en keek hen afwachtend aan.

Ze knikten unaniem en hij vervolgde: "We bezoeken de markt en bekijken die uitgebreid. En dan huur ik een 'wilde bus' met chauffeur die ons langs alle belangrijke plekken uit mijn jeugd rijdt: het Corantijnstrand, de zeedijk, de oude MULO-school ..."

Iedereen vond het een uitstekend idee en zijn broer verheugde zich erg, om de vele plekken uit zijn kindertijd opnieuw te kunnen zien.

Zo gezegd, zo gedaan. Ze stonden op en gingen op weg naar de markt, en David liet zien waar hij als kind vaak met zijn moeder inkopen deed. Net als hij genoten ook de anderen van de geuren van de uitgestalde producten. Tegelijkertijd schokte ook hen het duidelijk zichtbare verval, dat bijna overal te zien was: het dak van de markthal, dat op veel plaatsen slechts provisorisch gerepareerd was, de tafels die op instorten stonden, de stenen vloer met zijn vele kapotte plekken en scheuren waar allerlei onkruid in groeide.

In de markthal bleven ze niet bij elkaar. Iedereen ging zijn eigen weg, maar aangezien de hal niet bijzonder groot was kwamen ze elkaar steeds weer tegen. David koerste langs de vele kraampjes, kocht ook nog een paar vruchten, keek op zijn horloge en besloot dat het tijd was om de rondrit te beginnen. Hij keek om zich heen of hij de kinderen kon ontdekken toen Christian aan zijn arm trok.

"Papa, kom mee. We hebben een hoekje gevonden met *Winti* spullen."

"Nee! We moeten nu onze toer maken", weigerde David, "waarschuw toch even de anderen."

"Nee, papa! Oom John is daar ook, en hij zei dat je mee moet gaan. Het is heel interessant."

David's broer John is, net als Rosanne, een niet-westerse socioloog. Beiden hebben tientallen jaren veldwerk verricht op de Filippijnen en zijn bekend met exotische rituelen.

"Oké", mopperde hij en liet zich meeslepen, "als het absoluut moet. Maar het is meestal onzin."

Hij voegde zich bij de anderen en luisterde, hoe een man over *Winti* vertelde: "...ook in *Winti* speelt magie een grote rol in de verschillende riten die de kern vormen van deze religie. Het is belangrijk, om niet alleen de Goden, maar ook de overleden voorouders te eren, anders brengen ze ellende, ziekte en dood over je. Bij deze rituelen en praktijken zijn er drie belangrijke personen: de *lukuman*, de ziener; de *bonuman* – ook *obiaman* genoemd –, de genezer en tenslotte de *wisiman*, de (zwarte) magiër. Deze laatste heeft soms een *yorka* in dienst, de geest van een overleden persoon, aan wie hij opdrachten kan geven. Maar de meeste *wisimans* hebben alleen maar een *bakru*, een lagere geest, niet zo machtig als een *yorka*."

Terwijl David ernaar luisterde, herinnerde hij zich een situatie uit zijn jeugd. Hij kreeg ooit een plastic helikopter als verjaardagscadeau. Als je hard aan de spil trok, kreeg de rotor zoveel momentum dat hij de lucht in ging en op een hoogte van een paar meter rond vloog. Helaas duurde het niet lang voordat hij in de tuin tegen een boom botste en het niet overleefde. David bond een van de rotorbladen aan een touw en toen hij hem krachtig rond liet cirkelen, produceerde het een luid zoemend geluid omdat het zich snel om zijn eigen as draaide. Meteen kwam het dienstmeisje de keuken uit en de trap af gerend en riep: "Hou meteen daarmee op!"

Ze was erg opgewonden en griste het speeltje uit zijn hand. "Dat is gevaarlijk! Wil je soms *yorkas* aantrekken?"

De man vervolgde zijn voordracht: “De *wisiman* draagt ze meestal bij zich in de vorm van een poppetje. En wanneer de magiër zegt: ‘Nu ben jij de persoon die-en-die, en deze moet pijn in zijn linkerbeen krijgen’, en hij steekt een naald in het been van het poppetje, dan voert de *bakru* of de *yorka* zijn opdracht onmiddellijk uit en de beoogde persoon schreeuwt het uit van pijn. Hoe machtiger een *wisiman* is – dat wil zeggen, hoe machtiger zijn dienaar is –, hoe moeilijker het is om zijn magie te doorbreken.”

Dit en nog veel meer vertelde de *Winti*-man, die ook zei dat het na de afschaffing van de slavernij in 1863 bij wet verboden was om *Winti* uit te oefenen. Pas in 1971 werd deze wet afgeschaft, en sindsdien bloeit *Winti* in Suriname. Vooral het district *Para*, het gebied ten zuiden van Paramaribo, is er zeer om bekend. David moest, ondanks aanvankelijke skepsis, toegeven dat het heel interessant was wat hij te vertellen had.

Hij loodste de groep snel naar buiten om het plan van een busrit uit te voeren. Voor een schappelijke prijs huurde hij een ‘wilde bus’ met blote-voeten-chauffeur en met z’n negenen zocht elk zelf een strategische zitplaats op. De goedaardige Hindoestaan bracht ze kriskras overal heen, naar de vele bekende plekken uit de kindertijd van hem en zijn broer.

37. Vrouw Joosje

KORT NA HET MIDDAGUUR WAREN ZE WEER TERUG OP DE markt en haastten zich naar het restaurant, voordat het in de namiddag sloot. De ober, die hen reeds verwachtte, grijnsde breed toen hij het gezelschap zag en leidde hen naar de grote tafel waar ze allemaal plaatsnamen. Tijdens het eten hoorde David de afscheidswoorden van de *Winti*-expert weer in gedachten.

"Als u mij niet gelooft, praat dan toch met vrouw Joosje. Zij is in het bejaardenhuis, maar nog steeds behoorlijk helder in het hoofd. Ze kan veel uit eigen ervaring vertellen. Als u een pakje sigaretten voor haar meeneemt, dan komt ze pas goed op gang."

"Wat denk je? Zullen we vrouw Joosje opzoeken?"

David keek zijn broer vragend aan en vervolgde: "Het bejaardenhuis waar ze woont, bevindt zich in onze oude lagere school. Daar wilden we toch ook nog even rondkijken."

"Ja, oké", beaamde hij.

De anderen waren niet geïnteresseerd in nog meer *Winti*-verhalen, en zo gingen die beide rond half vijf, gewapend met een pakje sigaretten, op pad naar het bejaardenhuis.

Op hun verzoek leidde een jong meisje hen naar de kamer van vrouw Joosje. Zij mochten binnenkomen en vrouw Joosje keek hen zeer verbaasd aan. Zij was het blijkbaar niet meer gewend om bezoek te ontvangen. David keek haar nieuwsgierig aan, in de hoop iemand van vroeger te herkennen, Maar hem schoot niemand te binnen, die haar zou kunnen zijn. Vrouw Joosje was klein en mager, droeg een lange rok die bijna tot haar enkels reikte, en een *anyisa* sierde haar hoofd.

"U draagt een mooie hoofddoek", begon John het gesprek, "zoiets ziet men helaas niet meer zo vaak."

"Ja", zei vrouw Joosje, "maar ik draag er elke dag eentje. Meestal een normale zoals deze. Op feestdagen vouw ik een heel speciaal exemplaar. Maar ik stuur er geen berichten mee. Daar ben ik te oud voor!"

Ze lachte luid en vervolgde: "De heren weten dat er een boodschap in een *anyisa* steekt, *nô* – nietwaar?"

De broers knikten: een *anyisa* is veel meer dan alleen maar een hoofddoek. De manier waarop hij wordt gevouwen en gedragen, en ook de kleuren die hij heeft, spreken een geheime taal. Een vrouw drukt daarmee haar stemming en houding uit, bijvoorbeeld of ze bereid is een relatie aan te gaan, ruzie zoekt of vredig gestemd is.

David probeerde intussen haar leeftijd te schatten, maar ze was tijdloos, hij kon niet zeggen of ze zeventig of al tachtig jaar oud was. Zij was op blote voeten, ging op de enige stoel in de kamer zitten en liet de gasten op haar bed plaats nemen. Ze was erg blij met de meegebrachte sigaretten.

"Journalisten uit Holland!", stelde vrouw Joosje vast, terwijl ze een sigaret uit het pakje haalde.

Ze luisterde niet eens, toen David's broer haar uitlegde dat ze hier vroeger gewoond hadden en dat iemand vandaag op de markt gezegd had, dat zij, vrouw Joosje, veel over *Winti* kon vertellen. In plaats daarvan vroeg ze of hij vuur had, wat niet het geval was. Nadat vrouw Joosje een la en een tas had doorzocht waar ze inderdaad lucifers vond, ging ze met een brandende sigaret weer bij hen zitten en keek hen afwachtend aan. David's broer, die als socioloog gewend was om interviews af te nemen, voerde het woord.

"Vrouw Joosje, hoe lang bent u al in het bejaardenhuis?"

Ze sloot haar ogen en telde op haar vingers, terwijl ze de sigaret tussen haar lippen vastklemde.

"Zeventien jaar, jawel."

Terwijl ze sprak, bleef de sigaret aan haar lippen plakken.

"En hoe bevalt het u hier?"

"O, dat is oké! Als je zo oud bent als ik, ben je niet meer zo kieskeurig."

Vrouw Joosje lachte luid alsof ze een goede mop had verteld.

"Hoe oud ben u?"

"Ha! Behoorlijk oud, zeg ik je."

Ze dacht een tijdje na.

"Ik denk dat ik al drieënnegentig ben. Maar wat is een jaar als ik al zo oud ben als ik ben?"

Ze lachte opnieuw luid met haar krakende stem.

"Op de markt zei Dolf dat u ons over uw persoonlijke ervaringen met *Winti* zou kunnen vertellen."

Dolf, dat was de *Winti*-expert van de markt.

"Dolf?!", de stem van vrouw Joosje klonk verontwaardigd. "Haha! Dolf is een grote idioot! Hij weet helemaal niets van *Winti*!"

"Ja, ja", John probeerde haar te kalmeren, "Daarom heeft hij ons naar u gestuurd. Hij zei dat u van alle Nickerianen er het meeste van weet."

Vrouw Joosje voelde zich zichtbaar gevleid, ook al kwam deze lof van idioot Dolf.

"*Na bun* – Oké. Wat wil je weten?"

"Wat was uw eerste praktische ervaring ermee?"

"Waarmee?"

"Met *Winti* ", legde John geduldig uit.

Vrouw Joosje dacht even na en begon te vertellen.

"Als kind stapte ik op een plank en een uitstekende spijker liet een diepe wond achter. *Gevaarlijk* roestig was hij, de spijker! Mijn moeder had geen geld voor een dokter en we hebben niets gedaan. Na een week kon ik niet meer lopen. Mijn voet en been waren helemaal opgezwollen en het deed *gevaarlijk* pijn."

Vrouw Joosje pauzeerde even en stak nog een sigaret op.
"En wat gebeurde er daarna?"
"Mijn oom, een *brada* van mijn moeder, nam me toen mee achterop zijn fiets en reed heel ver met mij, totdat we bij een hut kwamen. De oude man van daar blies rook over de *soro* – wond – en legde er bladeren op. Daarna zong en danste hij. Ik kende geen woord van het lied. Na een uur zei hij dat we weer konden vertrekken. Hij had de boze geest in mij gekalmeerd. Toen we terugkwamen bij mijn moeder, was de pijn verdwenen en mijn been niet meer gezwollen."
"Interessant!", zei David tegen John.
"Dat was de *bonuman* ", vulde vrouw Joosje ter toelichting aan, "Een genezer! En weten de heren, hoeveel geld hij vroeg?
Ze keek de broers vragend aan.
Beiden schudden hun hoofd.
"Absoluut, helemaal niets! Hij wilde het klein beetje geld van mijn oom niet aannemen. 'Gaat in vrede terug", zei hij, 'en doe het goede voor anderen." Ik was nog heel klein en heb het pas na heel lange tijd begrepen. Maar dat is mijn eerste ervaring met *Winti*."
"Vrouw Joosje", zei John, nadat ze over andere ervaringen met *Winti* had verteld, "Wat is de meest dramatische zaak, die u in verband met *Winti* heeft beleefd? Is er zo'n gebeurtenis dat u – en mogelijk ook andere mensen – diep heeft geschokt?"
"Mij geschokt heeft?"
Vrouw Joosje keek hem aan, aarzelde en zei toen: "Goed. Ik heb er nog nooit met iemand over gesproken. Het is zo lang geleden. De mensen die er getuige van waren, leven niet meer. In te grote *memre* – overmoed – heb ik iets verkeerds gedaan, met *gevaarlijk* slechte gevolgen. En tot op de dag van vandaag doet het nog steeds pijn. Door mijn handelen is een mens gestorven. Het was niet mijn bedoeling, maar het gebeurde toch. Elke week bezoek

ik het graf. Ik leg er nieuwe bloemen op en vraag om vergeving."

John en David keken elkaar verbaasd aan. Hoewel hij expliciet naar iets dramatisch had gevraagd, leek dit toch alle verwachtingen te overtreffen.

Vrouw Joosje nam nog een sigaret.

"Lang geleden probeerde een vrouw een jongen, nog een kind, weet je, aan zich te binden met *wisi*. Ik wilde deze vrouw eerder helpen, om haar man terug te winnen. Ik had een speciale *wisi* voor haar gehaald bij een *wisiman*, een vriend van mij. Het enige wat ze hoefde te doen was een beetje haar van haar man toe te voegen. Maar op een dag heb ik gezien dat de *wisi* veranderd was. Het plukje was niet het blonde haar dat er eerst was. Het was donker schaamhaar, niet van haar *masra*. Toen vond ik ook nog een foto van de jongen die ooit bij haar was. Toen wist ik meteen dat ze probeerde, deze *wisi* op de jongen te brengen."

Vrouw Joosje keek hun aan.

"Jullie begrijpen wat ik zeg?"

Ze wachtte niet op antwoord en ging verder.

"*Mijn wisi*, die ik haar gaf om te helpen! En nu doet ze er iets slechts mee! Dat vond ik niet goed en heb ik geprobeerd om de jongen te beschermen met een *tapu* – een tegenmiddel –. Maar nee! Hij was te ver weg van mij. Ik heb iets anders geprobeerd. Met de foto van hem. Om de *tapu* rechtstreeks op hem te leggen. Het werkte niet. Ik was nog nieuw in de *wisi*-business. Toen heb ik de *tapu* over deze vrouw geplaatst om haar *wisi* tegen te houden. Zij was niet ver van mij. Ik werkte in haar huis. Maar ze was een sterke vrouw. Mijn *tapu* kon niets uitrichten. Toen heb ik van mijn vriend, de *wisiman*, zijn *yorka* geleend. En dat was *gevaarlijk* gevaarlijk! Ik had geen ervaring met *yorkas*. Ik heb zijn *gevaarlijke* kracht onderschat. Maar ik was boos op haar, ook al behandelde ze me altijd goed. De *yorka* heeft *gevaarlijk* hard toegeslagen en ze leefde daarna niet meer. Ik wilde het echt niet, maar het was gebeurd. De *wisiman* was *gevaarlijk* boos op me omdat dat gebeurde, maar ook hij kon er niets aan veranderen. Ik heb daarna nooit meer iets met *yorkas* gedaan. Een *bonuman* heeft mij in de loop van de tijd de kunst van het genezen bijgebracht, en ik heb vele vele mensen kunnen helpen. Maar dat ene blijft en drukt nog steeds op mij."

Vrouw Joosje zweeg een tijdje en geen van beiden zei iets. Toen ging ze verder.

"Een paar dagen na haar dood ging ik bloemen op haar graf leggen. Het was middag, erg heet en stil op de begraafplaats. Vanaf een afstand zag ik, dat iemand dicht bij haar graf hurkte. Ik ben *gevaarlijk* geschrokken, want ik dacht dat het een *yorka* was. *Haar yorka*! En ik was bang dat hij mij kwaad wilde doen omdat ze zo onverwacht om het leven kwam. Ik zei toch al dat ze een sterke vrouw was, dat ze een sterke *kra* had."

"Een sterke geest", legde ze uit toen ze de vragende gezichten zag.

"Maar het was geen *yorka*. Het was die jongen die zij probeerde te *bewisen* – te betoveren. Hij heeft nooit beseft welke macht zij over hem had. Hij had bloemen meegebracht, *Faya Lobi's*. Jullie weten, dat dat 'Vurige Liefde' betekent, nietwaar?"

De broers knikten. David's gedachten schoten wild heen en weer. Zou het kunnen dat zij het had over Lia? Zoveel raakpunten tussen wat ze vertelde en wat hij als tiener had meegemaakt! Dat kon geen toeval zijn. David pijnigde zijn hersenen in een poging, zich een vrouw met de naam Joosje te herinneren. Maar hij kende niemand met die naam. Hij luisterde weer naar vrouw Joosje, in de hoop iets meer over haar te weten te komen.

"Ik verstopte me achter struiken omdat ik niet wilde dat hij mij zou zien. En toen verscheen er plotseling een oude zwarte vrouw in traditionele klederdracht die langs mij heen liep. Ze droeg een hoed en steunde op haar wandelstok. Ze zei geen woord, zelfs niet toen ze langs het graf voorbij liep en de jongen opstond en haar met respect groette. Toen wist ik dat het goed met hem zou gaan, want dat was *Mama Aisa*, onze godin van de aarde, die goed doet en goede gaven brengt."

Vrouw Joosje zweeg. Ze zag er opeens heel moe uit.

Met een angstig voorgevoel vroeg David nieuwsgierig, maar hij probeerde zijn stem normaal te laten klinken: "Hoe is deze sterke vrouw waarover u verteld heeft, gestorven?"

Vrouw Joosje keek hem aan en zuchtte.

"Ik was niet in de buurt toen het gebeurde. Maar de *wisiman* heeft het mij later gezegd. Het was heel vreemd. Ze stond op het punt om in haar tuin te gaan, toen de *yorka* toesloeg. Ze was even bewusteloos en viel de hele trap naar beneden af en was dood. Ondanks alle onderzoeken heeft de politie nooit kunnen achterhalen wat er is gebeurd. Ze zeiden dat het moord was, maar ze hebben de dader nooit gevonden. Ja natuurlijk niet, want het was de *yorka*!"

David probeerde koortsachtig zijn gedachten te ordenen, toen de deur openging. Het jonge meisje dat ze had binnengelaten, kwam de kamer binnen.

"Het is al zeven uur en tijd voor de heren om te vertrekken. Vrouw Johanna krijgt nu haar avondeten en dan gaat ze naar bed.

Het bloed week uit David's gezicht en hij werd lijkbleek. Johanna? Vrouw Joosje heette eigenlijk Johanna? Ze was Lia's dienstmeisje! Waarom had hij er niet eerder aan gedacht, dat veel Surinamers een bijnaam hebben, waarmee ze vaak worden aangesproken?

Hij herinnerde zich nu dat hij een paar dagen geleden verrast was om verse bloemen op Lia's graf te ontdekken. Maar nu werd hem alles plotseling duidelijk. Zijn handen trilden en hij was niet in staat iets te zeggen. Twee dingen werden duidelijk. Lia had een *wisi* gebruikt om hem te hebben. Waarom had ze dat gedaan?

Dat was totaal overbodig. Hij hield van haar, zoals hij nog nooit in zijn leven van iemand had gehouden.

Waarom wist ze dat niet? Had hij het haar niet genoeg getoond? Ze betekende alles voor hem, en hij zou heel gelukkig zijn geweest, als ze in Holland samen hadden geleefd, zoals ze het in de brief aan haar moeder had geschreven.

"O Lia, had je toch maar meer vertrouwen in mij en mijn liefde gehad ..."

En nog iets: Johanna, Vrouw Joosje, is de reden waarom Lia gestorven is. En dat is, omdat ze mij wilde beschermen. *Ik* had geen bescherming nodig. Hoe tragisch is dat gelopen. Johanna kan er eigenlijk niets aan doen. Maar wat ze toen deed, was niet oké."

John keek hem kritisch aan en fluisterde: "Kom mee, neem het verhaal niet zo serieus. Je gelooft haar toch niet echt?"

Hij nam David bij de arm, zei de twee dames beleefd gedag en wilde hem naar buiten leiden.

Maar David liet zich niet leiden, hij wendde zich tot vrouw Joosje en zei: "Vrouw Joosje, de echtgenoot van deze vrouw was opgesloten in de gevangenis, omdat men dacht dat hij zijn vrouw had vermoord. Waarom heeft u niet bij de politie gezegd dat niet hij, maar een *yorka* het had gedaan?"

Vrouw Joosje keek hem doordringend aan, schudde haar hoofd over zoveel domheid en begon hardop te lachen.

"Haha! Dan zouden ze mij vragen, wie die *yorka* had gestuurd. En wat had ik dan kunnen antwoorden? Dan had ik alleen maar kunnen antwoorden: 'Ik, Johanna, heb die *yorka* gestuurd.' Maar dan zou ik meteen in de gevangenis belanden. *Winti* was verboden in die jaren. O nee, o nee, ik kon de politie de waarheid niet vertellen! *Winti* was toen een geheim."

Ze werd weer serieus en vervolgde: "Maar ik was *gevaarlijk* blij dat hij snel werd vrijgelaten. Hetzelfde gebeurde toen de andere man werd vrijgelaten. Toen heb ik gedacht dat alles goed was. Ik hoefde me niet schuldig te voelen omdat ik niets kon zeggen."

David was nog niet klaar.

"Vrouw Joosje, u wilde de macht van de vrouw breken, omdat u het niet goed vond dat de vrouw de jongen met uw *wisi* aan haar wilde binden, nietwaar?"

"*Iya, na so ai de* – Ja, zo is het."

"Maar ik wilde toch helemaal niet dat de betovering verbroken werd. Ik was gelukkig met haar en wilde bij haar zijn. Met haar naar Holland gaan!"

Vrouw Joosje begreep helemaal niet wat hij bedoelde en lachte luid.

"Ha, ha. Natuurlijk ben je gelukkig en binnenkort ga je terug naar Holland."

David wilde nog iets zeggen, maar het jonge meisje zei resoluut, dat het bezoek nu beëindigd was, en John pakte weer zijn arm en leidde hem naar buiten in de sterrenhemel van de Nickeriaanse nacht.

Dit boek is geproduceerd in overeenstemming met de EU GPSR-richtlijnen over de veiligheid van producten.

De 'General Product Safety Regulation' is het raamwerk van de Europese Unie om ervoor te zorgen dat alle consumentenproducten, inclusief boeken, veilig zijn voor consumenten.

Dit boek is gedrukt door CPI books GmbH. De drukker heeft veiligheidscertificaten afgegeven voor de gebruikte materialen, zoals inkt, papier en lijm.

De product-ID is: 9789403819129

De auteur is verantwoordelijk voor de inhoud van het boek en heeft het laten produceren door Bookmundo.

Heeft u vragen over de veiligheid van het product, neem dan contact met ons op.

Bookmundo
Delftsestraat 33
3013AE Rotterdam
Nederland
info@bookmundo.com